JN121856

ヤマケイ文庫

文豪山怪奇譚

山の怪談
名作選

Higashi Masao

東雅夫 編

Yamakei Library

文豪山怪奇譚　山の怪談名作選

目次

カバー装画　多賀新
「樹生」（鉛筆画）

千軒岳にて

火野葦平

草の葉を廂《ひさし》にしてこころよい昼間のまどろみに落ちていた河童《かっぱ》たちは、突然自分たちのからだが土の上に投げだされ、はっとおどろいた耳におどろおどろしく鳴る山の音をきいて、方角もわかたず思い思いの方向に向かって飛びたった。鋸《のこぎり》のようにぎざぎざのある千軒岳《せんげんだけ》の絶頂からは、天に沖《ちゅう》するごとく噴煙がまきあがり、巨大な岩石が毬《まり》のごとく無数に飛び、煮えかえる轟音《ごうおん》をとどろかして真紅の焔《ほのお》が噴きあがった。飴をとろかすように頂上の山形を崩し、いろいろの姿に変えながら溢れだして来た熔岩《ようがん》が、樹をたおし、草を焼き、真紅のかがやきを長々と曳きながら、凹凸のある山腹の斜面をながれくだって行った。数千尺の高さに噴きあげられた煙の中に、嵐が生じ、雷鳴が起り、電光が青白い焔のごとく間断なく閃《ひらめ》いた。この豪宕《ごうとう》なる火山の圏外に逃げだした多くの河童たちは、もはやそのすさまじい物音もほとんどかすかにしかきとることが出来ぬ堤のかげに来て、はじめてその馬鹿々々しく大仰の自然の振舞を嗤《わら》った。爆発の刹那《せつな》に起ったはげしい地震のために、背中の甲羅にひびが入ったり、皿を割ったりした河童たちは、自然の愚劣な行為に対しておさえがたい軽侮の念を抱いたのである。夜になるとなお火を噴く山のために、空は真赤に染まり、河童たちが水をのみにおりて行った渓谷の谷川は血のながれのように見えた。勇気のあるものはその水をのんだが、そうでないものは、川のながれが赤いのは赤いのではなく、ただ火山の光を映じて赤く見えるだけで、水はなんともなっていないのだということを信ずることができず、からからに咽喉《のど》がかわいていたのにもかかわらず水をのむことができなかった。千軒岳は数日ののちに火を噴くことをやめたが、その拡がった火口から火山灰《よな》を噴くことをやめなかった。千軒岳の裾野をふくむ高原の青草は火山灰のため萎《しお》れ、河童たちが夏の強い日ざしを避けて昼間のまどろみのときに庵にした叢《くさむら》の多くは枯れた。降りくる火山灰が眼にしみて河童たちは顔を洗うためにたびたび谷間におりて行かなければならなかった。また、うかつにうたたねをして居ると、火山灰が頭の皿にたまって水分を吸収し、気分が悪くなり力が抜けてしまうようなこともあった。地上が灰でざらざらと坐り心地がわるくなると、河童たちは牧場にいる多くの黄牛《あめうし》の背中に休んだ。黄牛は河童が背中に乗ると、蠅を追う時とおなじように尻尾を動かしてこれを追う。軽くあしらわれたことで甚だしく自尊心を傷つけられた河童たちは、牛の背中をひっかいて飛び立つ。牧場の人たちはときどき黄牛の背中についている奇妙な掻き傷がどうして出来たものか理解することができない。そうして熔岩でも降って来て牛の背に落ちたのでもあろうかと、さかんに噴煙をつづけている千軒岳のいただきをはるかに望むのである。河童たちはついに千軒岳の噴火口の上を飛びあるくようになった。いたずらに千軒岳を遠望していることが彼等の矜持《きょうじ》に添わず、勇気ある一匹の河童が或る日千軒岳の頂上に飛んで行って、はるか高いところからその絶頂の火口を見下し、或る程度の高度を保って居れば絶対に危険はないということを冒険の果に証明してから、多くの河童たちはいずれも千軒岳の真上を飛翔するようになった。それはあたかも無数の蜻蛉《せいれい》の群のように見えた。火口からは見あぐる高さに火山灰を噴きあげ、火山灰は風のまにまに山脈の上を這いながれて行ったが、河童たちの飛んでいるところには一片の灰も来ず、河童たちは澄みきった青空の中を悠々と自由自在に飛び交うた。或るものは口笛を鳴らし、或るものは木の葉落しをやり、或るものは唄をうたい、或いは眼下に見える柘榴《ざくろ》のごとき噴火口の中に糞尿をたれ落し、自然を征服した軒昂《けんこう》の気を負うて、自分たちの眼下に屈従し果てた大自然の意気地なさをさんざんに嘲笑したのである。そのような軽快な飛翔のつづけられた幾十日かの後に、千軒岳はふたたびすさまじい鳴動とともに爆発をした。おどろおどろしく鳴りひびいたとどろきとともに、天に沖した火煙は、そのとき天にあって軽快な乱舞をつづけていた多くの河童たちをこともなげに巻きこみ、山脈の膚《はだ》に向かって落下して行った。逃《のが》れんとして飛びたった河童たちもその熱気にあてられ、力つきて木の葉のようにはらはらと火口の中へ落ちて行った。鋸のようにぎざぎざのある千軒岳の絶頂からは、天に沖するがごとく噴煙がまきあがり、巨大な岩石が毬のごとく無数に飛び、煮えかえる轟音をとどろかして真紅の焰が噴きあがった。飴をとろかすように頂上の山形を崩し、いろいろの姿に変えながら溢れだして来た熔岩が、樹をたおし、草を焼き、真紅のかがやきを長々と曳きながら、凹凸のある山腹の斜面をながれくだって行った。数千尺の高さに噴きあげられた煙の中に、嵐が生じ、雷鳴が起り、電光が青白い焰のごとく間断なく閃いた。焼け落ちた河童たちを熔かし含んだ熔岩は、火のながれとなって山腹をくだり、高原によどみ、しばらくの間たぎる焰となって消えなかった。そのときから永い年月がながれた。千軒岳の高原にはいちめんに熔岩の間から不思議なかたちをした青黒い花が咲きいでた。その花は誰も名前を知らないが、雨のときにはいっぱいにその花びらをひろげているけれども、千軒岳から火山灰でも降るような天候の時には、たちまちにして花びらを閉じてしまうのである。また、夜になれば、千軒岳の高原は無数の星によって満たされる。それはしかし星ではない。また蛍でもない。熔岩の中に身体は熔けてしまったけれども、いかなる高熱をもってしても熔けることのない河童の眼玉のみが、鏤《ちりば》められた宝石のごとく、今もなお夜ともなれば熔岩の中に青白い光を放つのである。

山の怪

田中貢太郎

土佐長岡郡《ながおかごおり》の奥に本山《もとやま》と云う処がある。今は町制を敷いて町と云うことになっているが、昔は本山郷《もとやまごう》と云って一地方をなしていた。四国三郎の吉野川が村の中を流れて、村落のあるのはそれに沿った僅かばかりの平地で、高峰駿岳が一面に聳《そび》えていた。

その本山に吉延《よしのぶ》と云う谷があって、そこには猪とか鹿とか大きな獣《けだもの》がいるので、山猟師をやっている者でそこへ眼をつけない者はなかったが、しかし、その谷には時ど き不思議なことがあるので、気の弱い者は避けて往《い》かなかった。冬の初めであった。半兵衛と云う猟師は鉄砲と係蹄《けわさ》を持って吉延の谷へ往った。人の恐れる吉延の谷へ平然として往く男であるから剛胆であったに違い無い。そして、彼が吉延の谷に着いたのはまだ黎明《よあけ》前で林の下は真暗であった。彼は多年の経験によって獣の通って往きそうな場所を考えて、手探りで係蹄を仕掛け、傍の岩の陰へ腰をおろして肩にしていた鉄砲を立て掛け、腰の胴乱《どうらん》から煙管《きせる》を出して煙草を詰め、火縄の火を移して静《しずか》に煙草を喫《の》みながら獣の来るのを待っていた。

冷たい風が頭の上を吹いて通って、霜になりかけた露が時どき頻に落ちてきた。半兵衛は煙草を喫みながら耳を澄まして、獣の跫音《あしおと》がしやしないかと注意していた。そのうちに夜が段だんと明けて来た。仰向《あおむ》いて空の方を透《すか》すと空は蒼白《あおじろ》くなって、光のなくなった星が二つばかり栂《とが》の木の梢《こずえ》にかかっていた。

林の下も次第に明るくなって木の葉の色も形も稍《やや》識別することができるようになった。係蹄を掛けた処はそこから五六間《けん》しか離れていなかった。それは山裾の小溝《こみぞ》のように窪んだ処であった。半兵衛は朝の餌を探しに来る獣がもう動きだす時刻だと思ったので、煙管を胴乱に収めてしっかりと腰に差し、立て掛けてあった鉄砲を隻手《かたて》に持って何時《いつ》でも撃てるように身がまえをした。

紫色に光る一つの山蚯蚓《やまみみず》が、小蛇のようにどこからか這いだして来て、それが係蹄の針金にかかった。半兵衛はそれを見つけた。

(大きな蚯蚓もあるもんだ)

蚯蚓はそれっきり動かなくなった。と、その傍の黄色になった草の中からにょこにょこと動きだしたものがあった。それは土色をした蛙であった。蛙はその眼をきろきろとさしながら這いだして係蹄の傍へ往き、ちょっと立ち停《とま》って何か考えるように首を傾《かし》げていたが、やがてぱくりと口を開けたかと思うと、彼《か》の山蚯蚓をくわえて眼を白黒にさしながら呑んでしまった。蛙はやっと一仕事終ったと云うような態《さま》をして踞《しゃが》んだ。

どこにいたのか黒の地に赤い班点のある小蛇が蛙の後《あと》の方へ這いだして来た。半兵衛は眼をひかずにそれを見ていた。蛇は蛙の傍へ往くと鎌首をあげて、赤い針のような舌をちらちらと一二度出した後《のち》に蛙の隻足《かたあし》をくわえた。蛙は驚いて逃げようとしたがどうしても逃げることができないで、その体は次第に蛇の口の中へ消えて往った。

（けたいなこともあるものじゃ）

半兵衛は鬼魅《きみ》がわるかった。その半兵衛の眼の前を灰毛《はいげ》の大きな体のものが掠《かす》めた。谷の下の方の林の中から一疋の大きな野猪《いのしし》が不意に出て来て、半兵衛の鼻端《はなさき》に触るように係蹄の傍へ往った。半兵衛は鉄砲をかまえた。野猪は蛙を呑んでむこうのほうへ這うて往こうとしている蛇を一口にぺろりと呑んでしまった。同時に半兵衛は火縄をさした。彼は小牛のような野猪が、轟然《ごうぜん》と響く鉄砲の音とともに、地響《じひびき》打って倒れるだろうと思ったが、鉄砲の音は小さく響いただけで、野猪は悠然とむこうの方へ往ってしまった。半兵衛は失敗《しま》ったと思って二発目の弾《たま》を急いで籠《こ》めたが、籠め終った時にはもう野猪の影も見えなかった。

(今日はけたいな日じゃな)

半兵衛は鉄砲を持ったなり考えだしたが、なんと思っても不思議でたまらない。

(今日は、ろくなことはあるまい、帰ろう、帰ろう)

半兵衛は遂に帰ることに定《き》めた。彼は舌打ちしながら初めにあがって来た路《みち》をおりて、谷の下の方へ帰りかけた。栂の木が生えて微暗《うすぐら》い処があった。半兵衛はそこへ往くと手に持っていた鉄砲を肩に掛けた。女蘿《さるおがせ》が女の髪のようにさがった大きな栂の木の陰から、顋鬚《あごひげ》の真白な老僧がちょこちょこと出て来て半兵衛の前に立ち塞がって両手を拡げた。

「この妖怪奴《ばけものめ》」

半兵衛は腰にさしていた山刀《やまがたな》を抜いて、老僧の真向《まっこう》から切りおろした。と、二つになって倒れる筈《はず》の老僧が二人になって並んで手を拡げた。剛胆な半兵衛もこれには少し驚かされた。

「まだそんなことをしやがるか」

半兵衛はまた右側の妖僧の真向へ切りつけ、次の刀で左側の僧の胴をすくい切りに切った。

「これでどうじゃ」

妖僧は四人になって手を拡げた。

「まだそんなことをするか」

半兵衛はもう見さかいなしに山刀で切って廻った。妖僧は十四五人になった。

「くそっ」

半兵衛は滅多切りに切って廻った。そして、切りながら見ると妖僧の体は切るに従って多くなって来た。半兵衛はここにこうしていてはかなわないと思ったので、刀を揮《ふ》り揮り一方を切り開いて走った。小石が雨のように半兵衛に向って飛んで来だした。半兵衛は揮り返った。百人ばかりの妖僧が手に手に小石を持って投げていた。石は隙間もなく半兵衛の体に当った。半兵衛は夢中になって妖僧の群へ切りかかった。

「くそっ、くそっ、くそっ」

半兵衛は血声《ちごえ》を揮り絞って切って廻った。そして、へとへとになってしまったところで、木の根か岩角かに躓《つまず》いて刀をなくしてしまった。それでも、まごまごしていては妖僧のために命を失う恐れがあるので、彼は踞んで手に触るものをなんでもかんでも摑《つか》んで投げた。

妖僧の群は辟易《へきえき》しだした。妖僧は一人二人と逃げはじめた。半兵衛はそれに力を得て一層一心になって投げた。妖僧の数は益ます減ってもうここに一人そこに一人と云うようになっていたが、それもとうとういなくなった。

　半兵衛はがっかりした。それと同時に夢が覚めたようになった。それでも彼はまだそこに妖僧がいるような気がしたので、両手に摑んだ最後の小石をばらばらと投げた。その小石は皆己《じぶん》の胸や頭に当った。彼は驚いて己の体を見廻した。己の体の周囲《まわり》には己の手で己に投げつけた小石が一杯になって、己の顔や頭からは一面に血が流れていた。彼は大きな吐息をしてあたりを見廻した。そこは白々《しらじら》とした河原で直《す》ぐ左側を水が流れていた。それは吉野川の河原であった。

くろん坊

岡本綺堂

一

このごろ未刊随筆百種のうちの「享和《きょうわ》雑記」を読むと、濃州《のうしゅう》徳山くろん坊《ぼう》の事という一項がある。何人《なんびと》から聞き伝えたのか知らないが、その付近の地理なども相当にくわしく調べて書いてあるのを見ると、全然架空の作り事でもないらしく思われる。元来ここらには黒ん坊の伝説があるらしく、わたしの叔父もこの黒ん坊について、かつて私に話してくれたことがある。若いときに聞かされた話で、年を経るままに忘れていたのであるが、「享和雑記」を読むにつけて、古い記憶が図らずもよみがえったので、それを機会に私もすこしく「黒ん坊」の怪談を語りたい。

江戸末期の文久二年の秋――わたしの叔父はその当時二十六歳であったが、江戸幕府の命令をうけて美濃《みの》の大垣《おおがき》へ出張することになった。大垣は戸田氏十万石の城下で、叔父は隠密の役目をうけたまわって、幕末における大垣藩の情勢を探るために遣わされたのである。隠密であるから、もちろん武士の姿で入り込むことは出来ない。叔父は小間物を売る旅商人《たびあきんど》に化けて城下へはいった。

八月から九月にかけてひと月あまりは、無事に城下や近在を徘徊《はいかい》して、商売《あきない》のかたわらに職務上の探索に努めていたのであるが、叔父の不注意か、但しは藩中の警戒が厳重であったのか、いずれにしても彼が普通の商人でないということを睨《にら》まれたらしいので、叔父の方でも大いに警戒しなければならなくなった。その時代の習いとして、どこの藩でも隠密が入り込んだと覚《さと》れば、彼を召捕るか、殺すか、二つに一つの手段をとるに決まっているのであるから、叔父は早々に身を隠して、その危難を逃がれるのほかはなかった。

しかし本街道をゆく時は、敵に追跡されるおそれがあるので、叔父は反対の方角にむかって、山越しに越前の国へ出ようと企てた。その途中の嶮《けわ》しいのはもちろん覚悟の上である。およそ十里ほども北へたどると、外山《とやま》村に着く。そこまでは牛馬も通うのであるが、それからは山路がいよいよ嶮しくなって、糸貫川――土地ではイツヌキという。古歌にもいつぬき川と詠まれている。享和雑記には泉除《いずのき》川として一種の伝説を添えてある。――その山川の流れにさかのぼって根尾村に着く。ここらは鮎が名物で、外山から西根尾まで三里のあいだに七ヵ所の簗《やな》をかけて、大きい鮎を捕るのである。根尾から大字《おおあざ》小鹿、松田、下大須《しもおおす》、上大須を過ぎ、明神山から屏風《びょうぶ》山を越えて、はじめて越前へ出るのであるが、そのあいだに上り下りの難所の多いことは言うまでもない。

叔父は足の達者な方であったが、なんといっても江戸育ちであるから、毎日の山道に疲れ切って、道中は一向にはかどらない。もう一里ばかりで下大須へたどり着くところに、九月の十七日は暮れかかって奥山のゆう風が身にしみて来た。糸貫川とは遠く離れてしまったのであるが、路の一方には底知れぬほどの深い大きい谷がつづいていて、夕靄《ゆうもや》の奥に水の音がかすかにきこえる。あたりはだんだんに暗くなる、路はいよいよ迫って来る。誤ってひと足踏み損じたら、この絶壁から真っ逆さまに投げ込まれなければならないことを思うと、かねて覚悟はしていながらも、叔父はこんな難儀の道をえらんだことを今更に後悔して、いっそ運を天にまかせて本街道をたどった方がましであったかなどとも考えるようになった。さりとて元へ引っ返すわけにも行かないので、疲れた足をひきずりながら、心細くも進んでゆくと、ここらは霜が早いとみえて、路ばたのすすきも半分は枯れていた。その枯れすすきのなかに何だか細い路らしいものがあるので、何ごころなく透かしてみると、そこの一面に生《お》い茂っているすすきの奥に五、六本の橡《とち》や栗の大木に取り囲まれた小屋のようなものが低くみえた。

「ともかくも行ってみよう。」

すすきをかき分けて踏み込んでみると、果たしてそれは一軒の人家で表の板戸はもう閉めてある。その板戸の隙き間からのぞくと、まだ三十を越えまいかと思われる一人の若い僧が仏前で経を読んでいるらしく、炉には消えかかった柴の火が弱く燃えていた。

戸をたたいて案内を乞うと、僧は出て来た。叔父は行き暮らした旅商人であることを告げて、ちっとの間ここに休ませてくれまいかと頼むと、僧はこころよく承知して内へ招じ入れた。かれは炉の火を焚きそえて、湯を沸かして飲ませてくれた。

「この通りの山奥で、朝夕はずいぶん冷えます。それでもまだこの頃はよろしいが、十一月十二月には雪がなかなか深くなって、土地なれぬ人にはとても歩かれぬようになります。」

「雪はどのくらい積もります。」

「年によると、一丈《じょう》も積もることがあります。」

「一丈……。」と、叔父もすこし驚かされた。まったく今頃だからいいが、冬にむかって迂闊《うかつ》にこんな山奥へ踏み込んだらば、飛んだ目に逢うところであったと、いよいよ自分の無謀を悔むような気になった。

「お前、ひもじゅうはござらぬか。」と、僧は言った。「なにしろ五穀の乏《とぼ》しい土地で、ここらでは麦を少しばかり食い、そのほかには蕎麦や木の実を食っておりますが、わたしの家には麦のたくわえはありませぬ。村の人に貰《もろ》うた蕎麦もあいにくに尽きてしまいました。木の実でよろしくば進ぜましょう。」

彼は木の実を盆に盛って出した。それは橡の実で、そのままで食ってはすこぶるにがいが、灰汁《あく》にしばらく漬けておいて、さらにそれを清水にさらして食うのであると説明した。空腹の叔父はこころみに一つ二つを取って口に入れると、その味は甘く軽く、案外に風味のよいものであったので、これは結構と褒めた上で、遠慮なしにむさぼり食っているのを、僧はやさしい眼をして興《きょう》あるように眺めていた。

「おまえはお江戸でござりますか。」と、僧は訊《き》いた。

「左様でございます。」

「わたしもお江戸へは三度出たことがありましたが、実に繁昌の地でござりますな。」

「三度も江戸へお下りになったのでございますか。」

「はい。しばらく鎌倉におりましたので……。」と、僧はむかしを偲《しの》び顔に答えた。

「道理で、あなたのお言葉の様子がここらの人たちとは違っていると思いました。」と、叔父はうなずいた。

「そうかも知れませぬ。しかしわたしはこの土地の生まれでござります。しかもここの家で生まれたのでござります。」

彼はうつむいて、そのやさしい眼を薄くとじた。その顔には一種の暗い影を宿しているようにも見られた。叔父は又訊いた。

「では、鎌倉へは御修業にお出でなされたのでございますか。」

「わたしが十一のときに、やはり大垣から越前を越えてゆくという旅の出家が一夜の宿をかりました。その出家がわたしの顔をつくづく見て、おまえも出家になるべき相《そう》がある。いや、どうしても出家にならなければならぬ運命があらわれている。わたしと一緒に鎌倉へ行って、仏門の修業をやる気はないかと言われたのでござります。わたしはまだ子供で世間の恋しい時でもあり、かねて名を聞いている鎌倉というところへ行ってみたさに、その出家に連れて行ってもらうことにしました。親達もまたこんな山奥に一生を送らせるよりも、京鎌倉へ出してやった方が当人の行く末のためでもあろう。たとい氏素姓《うじすじょう》のない者でも、修業次第であっぱれな名僧智識にならぬとも限らぬと、そんな心から承知してわたしを手離すことになったのでした。あとで知ったのですが、その出家は鎌倉でも五山《ござん》の一つという名高い寺のお住持で、京登りをした帰り路に、山越えをして北陸道を下らるる途中であったのです。お師匠さま——わたしはそのあくる日からお弟子になったのです——は私をつれて、越前から加賀、能登《のと》、越中、越後を経て、上州路からお江戸へ出まして……。いや、こんなことはくだくだしく申し上げるまでもありませぬ。わたしはその時に初めてお江戸を見物しまして、七日あまり逗留の後に鎌倉へ帰り着きました。それからその寺で足掛け十六年、わたしが二十六の年まで修業を積みまして、生来鈍根《どんこん》の人間もまず一人並の出家になり済ましたのでござります。」

生来鈍根と卑下《ひげ》しているが、彼の人柄といい物の言い振りといい、決して愚かな人物とはみえない。しかも鎌倉の名刹《めいさつ》で十六年の修業を積みながら、たとい故郷とはいえ、若い身空でこんな山奥に引き籠《こも》っているのは、何かの子細がなくてはならないと叔父は想像した。

「それで、唯今《ただいま》ではここにお住居《すまい》でございますか。再び鎌倉へお戻りにならないのでございますか。」

「当分は戻られますまい。」と、僧は答えた。「ここへ帰って来て丸三年になります。これから三年、五年、十年……。あるいは一生……。鎌倉はおろか、他国の土を踏むことも出来ぬかも知れませぬ。」

「御両親は……。」と、叔父は訊いた。

「父も母もこの世にはおりませぬ。ほかに一人の妹がありましたが、これも世を去りました。」と、僧は暗然として仏壇をみかえった。

「どなたもお留守のあいだに、お亡くなりになったのでございますか。」

「そうでございます。」と、僧は低い溜め息をついた。「妹はわたしの二十四の年に歿《ぼっ》しました。その翌年に母が亡くなりました。又その翌年に父が死にました。」

「三年つづいて……。」と、叔父も思わず眉をよせた。

「はい、三年のうちに両親と妹がつづいて世を去ったのでございます。なにしろこんな辺鄙《へんぴ》なところですから、鎌倉への交通などは容易に出来るものではなく、父からは何の便りもありませんので、妹のことも母の事もわたしはちっとも知らずにおりました。それでも父の死んだ時には村の人々から知らせてくれましたので、おどろいて早々に帰ってみますと、母も妹も、もうとうに死んでいるということが初めて判りました。わたしはいよいよ驚きました。」

「ごもっともで……。お察し申します。」と、叔父も同情するようにうなずいた。「それから引きつづいてここにおいでになるのでございますか。」

「両親はなし、妹はなし、こんなあばら家一軒、捨てて行っても惜しいことはないのですが……。ある物にひき留められて、どうしてもここを立ち去ることが出来なくなりました。唯今も申す通り、三年、五年、十年……。あるいは一生でも……。その役目を果たさぬうちは、ここを動くことが出来なくなったのでござります。」

ある物にひき留められて——その謎のような言葉の意味が叔父には判らなかった。あるいは両親や妹の墓を守るという事かとも思ったが、それならば当分といい、又は三年五年などという筈《はず》もあるまい。叔父はただ黙って聞いていると、僧もその以上の説明をつけ加えなかった。

二

叔父はその晩、そこに泊めてもらうことになった。初めにそれを言い出したときに、僧は迷惑そうな顔をして断わった。

「これから下大須までは一里余りで、そこまで行けば十五六軒の人家もあります。旅の人のひとりや二人を泊めてくれるに不自由のない家もあります。お疲れでもあろうが、辛抱してそこまでお出でなされたがよろしゅうござります。」

しかし叔父は疲れ切っていた。殊に平地でもあることか、この嶮しい山坂をこれから一里あまりも登り降りするのは全く難儀であるので、叔父はその事情を訴えて、どんな隅でもいいから今夜だけはここの家根の下においてくれと頼んだ。

「何分にも土地不案内の夜道でございますから、ひと足踏みはずしたら、深い谷底へ真っ逆さまにころげ落ちるかも知れません。わたくしをお助け下さると思召《おぼしめ》して、どうぞ今夜だけは……。」と、叔父は繰り返して言った。

深い谷底——その一句をきいたときに、僧の顔色は又曇った。彼はうつむいて少し思案しているようであったが、やがてしずかに言い出した。

「それほどに言われるものを無慈悲にお断わり申すわけには参りますまい。勿論、夜の物も満足に整うてはおりませぬが、それさえ御承知ならばお泊め申しましょう。」

「ありがとうございます。」と、叔父はほっとして頭を下げた。

「それからもう一つ御承知をねがっておきたいのは、たとい夜なかに何事があっても、かならずお気にかけられぬように……。しかし熊や狼のたぐいは滅多に人家へ襲って来るようなことはありませぬから、それは決して御心配なく……。」

叔父は承知して泊まることになった。寝るときに僧は雨戸をあけて表をうかがった。今夜は真っ暗で星ひとつ見えないと言った。こうした山奥にはありがちの風の音さえもきこえない夜で、ただ折りおりにきこえるのは、谷底に遠くむせぶ水の音と、名も知れない夜の鳥の怪しく啼《な》き叫ぶ声が木霊《こだま》してひびくのみであった。更けるにつれて、霜をおびたような夜の寒さが身にしみて来た。

「おまえはお疲れであろう、早くお休みなさい。」

叔父には寝道具を出してくれて、僧はふたたび仏壇の前に向き直った。彼は低い声で経を読んでいるらしかった。叔父はふだんでもよく眠る方である。殊に今夜はひどく疲れているのであるが、なんだか眼がさえて寝つかれなかった。あるじの僧に悪気《わるぎ》のないのは判っている上に、熊や狼の獣《けもの》もめったに襲って来ないという。それでも叔父の胸の奥には言い知れない不安が忍んでいるのであった。

僧はある物に引き留められて、ここに一生を送るかも知れないと言った。その「ある物」の意味を彼は考えさせられた。僧は又たとい何事があっても気にかけるなと言った。その「何事」の意味も彼は又かんがえた。所詮《しょせん》はこの二つが彼に一種の不安をあたえ、また一種の好奇心をそそって、今夜を安々と眠らせないのである。前者は僧の一身上に関することで、自分に係り合いはないのであるが、後者は自分にも何かの係り合いがあるらしい。それなればこそ僧も一応は念を押して、自分に注意をあたえてくれたのであろう。山奥や野中の一軒家などに宿りを求めて、種々の怪異に出逢ったというような話は、昔からしばしば伝えられているが、ここにも何かそんな秘密がひそんでいるのではあるまいか。

そう思えば、あるじの僧は見るところ柔和《にゅうわ》で賢《さか》しげであるが、その青ざめた顔になんとなく一種の暗い影をおびているようにも見られる。自分が一宿《いっしゅく》を頼んだときにも、彼は初めの親切にひきかえてすこぶる迷惑そうな顔をみせた。それにも何かの子細がありそうである。叔父は眠った振りをしながら、時々に薄く眼をあいてうかがうと、僧はほとんど身動きもしないように正しく坐って、一心に読経を続けているらしかった。炉の火はだんだんに消えて、暗い家のなかにかすかに揺れているのは仏前の燈火《あかし》ばかりである。

時の鐘などきこえないので、今が何どきであるか判らないが、もう真夜中であろうかと思われる頃に、僧はにわかに立上がって、叔父の寝息をうかがうようにちょっとのぞいて、やがて音のせぬように雨戸をそっとあけたらしい。叔父は表をうしろにして寝ていたので、その挙動を確かに見とどけることは出来なかったが、彼は藁草履《わらぞうり》の音を忍ばせて、表へぬけ出して行くように思われた。風のない夜ではあるが、彼が雨戸をあけて又しめるあいだに、山気《さんき》というか、夜気というか、一種の寒い空気がたちまち水のように流れ込んで、叔父の掛け蒲団の上をひやりと撫《な》でて行ったかと思う間もなく、仏前の燈火は吹き消されたように暗くなってしまった。

掛け蒲団を押しのけて、叔父もそっと這い起きた。手探りながらに雨戸をほそ目にあけて窺うと、表は山霧に包まれたような一面の深い闇である。僧はすすきをかき分けて行くらしく、そのからだに触れるような葉摺れの音が時々にかさかさと聞こえた。と思う時、さらに一種異様の声が叔父の耳にひびいた。何物かが笑うような声である。

何とはなしにぞっとして、叔父はなおも耳をすましていると、それはどうしても笑うような声である。しかも生きた人間の声ではない。さりとて猿などの声でもないらしい。何か乾いた物と堅い物とが打ち合っているように、あるいはかちかちと響き、あるいはからからとも響くらしいが、又あるときには何物かが笑っているようにも聞こえるのである。その笑い声――もしそれが笑い声であるとすれば、決して愉快や満足の笑い声ではない。冷笑とか嘲笑とかいうたぐいのいやな笑い声である。いかにも冷たいような、うす気味の悪い笑い声である。その声はさのみ高くもないのであるが、深夜の山中、あたりが物凄いほど寂寞《せきばく》としているので、その声が耳に近づいてからからと聞こえるのである。それをじっと聞いているうちに、肉も血もおのずと凍るように感じられて、骨の髄までが寒くなって来たので、叔父は引っ返して蒲団の上に坐った。

僧が注意したのはこれであろう。僧はこの声を他人に聞かせたくなかったのであろうと、叔父は推量した。この声は一体なんであるか。僧はこの声に誘われて、表へ出て行ったらしく思われるが、この声と、かの僧とのあいだにどういう関係がつながっているのか、叔父には容易に想像がつかなかった。自分ばかりでなく、誰にもおそらく想像はつくまいと思われた。そんなことを考えている間にも、怪しい声はあるいは止み、あるいは聞こえた。

「おれも武士だ。なにが怖い。」

いっそ思い切ってその正体を突き留めようと、叔父は蒲団の下に入れてある護身用の匕首《あいくち》をさぐり出して、身づくろいして立ちかけたが、又すこし躊躇《ちゅうちょ》した。前にもいう通り、この声と、かの僧との関係がはっきりしない以上、みだりに邪魔に出てよいか悪いか。自分が突然飛び出して行ったがために、僧が何かの迷惑を感じるようでも気の毒である。僧もそれを懸念《けねん》して、あらかじめ自分に注意したらしいのであるから、自分も騒がず、人をも驚かさず、何事も知らぬ顔をして過ごすのが、一夜の恩に報いるゆえんではあるまいか。こう思い直して叔父はまた坐った。

僧はどこへ行って何をしているのか、いつまでも戻らなかった。怪しい声も時々にきこえた。どう考えても、何かの怪物が歯をむき出して嘲《あざけ》り笑っているような、気味

の悪い声である。もしや空耳《そらみみ》ではないかと、叔父は自分の臆病を叱りながら幾たびか

耳を引っ立てたが、聞けば聞くほど一種の鬼気《きき》が人を襲うように感じられて、しまい

には聞くに堪《た》えられないように恐ろしくなって来た。

「ええ、どうでも勝手にしろ。」

叔父は自棄《やけ》半分に度胸を据えて、ふたたび横になった。以前のように表をうしろに

して、左の耳を木枕に当て、右の耳の上まで蒲団を引っかぶって、なるべくその声を

聞かないように寝ころんでいると、さすがに一日の疲れが出て、いつかうとうとと眠

ったかと思うと、このごろの長い夜ももう明けかかって、戸の隙き間から暁のひかり

が薄白く洩れていた。

僧は起きていた。あるいは朝まで眠らなかったのかも知れない。いつの間にか水を

汲んで来て、湯を沸かす支度などをしていた。炉にも赤い火が燃えていた。

「お早うございます。つい寝すごしまして……。」と、叔父は挨拶した。

「いや、まだ早《はよ》うござります。ゆるゆるとおやすみなさい。」と、僧は笑いながら会《え》

釈《しゃく》した。気のせいか、その顔色はゆうべよりも更に蒼《あお》ざめて、やさしい目の底に鋭い

ような光りがみえた。

家のうしろに筧《かけい》があると教えられて、叔父は顔を洗いに出た。ゆうべの声は表の方

角にきこえたらしいので、すすきのあいだから伸びあがると、狭い山道のむこうは深い谷で、その谷を隔てた山々はまだ消えやらない靄《もや》のうちに隠されていた。教えられた通りに裏手へまわって、顔を洗って戻って来ると、僧は寝道具のたぐいを片付けて、炉のそばに客の座を設けて置いてくれた。叔父はけさも橡の実を食って湯を飲んだ。

「いろいろ御厄介になりました。」

「この通りの始末で、なんにもお構い申しませぬ。ゆうべはよく眠られましたか。」

と、僧は炉の火を焚き添えながら訊いた。

「疲れ切っておりましたので、枕に頭をつけたが最後、朝まで何んにも知らずに寝入ってしまいました。」と、叔父は何げなく笑いながら答えた。

「それはよろしゅうございました。」と、僧も何げなく笑っていた。

そのあいだにも叔父は絶えず注意していたが、怪しい笑い声などは何処からもきこえなかった。

三

一宿の礼をあつく述べて叔父は草鞋《わらじ》の緒をむすぶと、僧はすすきをかきわけて、道のあるところまで送って来た。そのころには夜もすっかり明け放れていたので、叔父は再び注意してあたりを見まわすと、道の一方につづいている谷は、きのうの夕方に見たよりも更に大きく深かった。岸は文字通りの断崖《だんがい》絶壁で、とても降《くだ》るべき足がかりもないが、その絶壁の中途からはいろいろの大木が斜めに突き出して、底の見えないように枝や葉を繁らせていた。

別れて十間ばかり行き過ぎて振り返ると、僧は朝霜の乾かない土の上にひざまずいて、谷にむかって合掌しているらしかった。怪しい笑い声は谷の方からきこえたのであろうと叔父は想像した。

下大須まで一里あまりということであったが、実際は一里半を越えているように思われた。登り降りの難所を幾たびか過ぎて、ようようにそこまで行き着くと、果たして十五六軒の人家が一部落をなしていて、中には相当の大家内《おおやない》らしい住居もみえた。時刻がまだ早いとは思ったが、上大須まで一気にたどるわけにはいかないので、叔父はそのうちの大きそうな家に立ち寄って休ませてもらうと、ここらの純朴な人たちは見識らない旅人をいたわって、隔意《かくい》なしにもてなしてくれた。近所の人々もめずらしそうに寄り集まって来た。

「ゆうべはどこにお泊まりなされた。松田からでは少し早いようだが……。」と、そのうちの老人が訊いた。

「ここから一里半ほども手前に一軒家がありまして、そこに泊めてもらいました。」

「坊さまひとりで住んでいる家《うち》か。」

人々は顔をみあわせた。

「あの御出家はどういう人ですね。以前は鎌倉のお寺で修業したというお話でしたが……。」と、叔父も人々の顔を見まわしながら訊いた。

「鎌倉の大きいお寺で十六年も修業して、相当の一ヵ寺の住職にもなられるほどの人が、こんな山奥に引っ込んでしまって……。考えれば、お気の毒なことだ。」と、老人は心から同情するように溜め息をついた。「これも何かの因縁《いんねん》というのだろうな。」

ゆうべの疑いが叔父の胸にわだかまっていたので、彼は探るように言い出した。

「御出家はまことにいい人で、いろいろ御親切に世話をしてくださいましたが、ただ困ったことには、気味の悪い声が夜通しきこえるので……。」

「ああ、おまえもそれを聞きなすったか。」と、老人はまた嘆息した。

「あの声は……。あのいやな声はいったいなんですね。」

「まったくいやな声だ。あの声のために親子三人が命を取られたのだからな。」

「では、両親も妹もあの声のために死んだのですか。」と、叔父は思わず目をかがやかした。

「妹のことも知っていなさるのか。では、坊さまは何もかも話したかな。」

「いいえ、ほかにはなんにも話しませんでしたが……。してみると、あの声には何か深いわけがあるのですね。」

「まあ、まあ、そうだ。」

「そこで、そのわけというのは……。」と、叔父は畳みかけて訊いた。

「さあ。そんなことをむやみに言っていいか悪いか。どうしたものだろうな。」

老人は相談するように周囲の人々をみかえった。人々も目をみあわせて返答に躊躇しているらしかったが、叔父が繰り返してせがむので、結局この人はすでにあの声を聞いたのであるから、その疑いを解くために話して聞かせてもよかろうということになって、老人は南向きの縁に腰をかけると、女たちは聞くを厭うように立ち去ってしまって、男ばかりがあとに残った。

「お前はここらに黒ん坊という物の棲んでいることを知っているかな。」と、老人は言った。

「知りません。」

「その黒ん坊が話の種だ。」

老人はしずかに話し始めた。ここらの山奥には昔から黒ん坊というものが棲んでいる。それは人でもなく、猿でもなく、からだに薄黒い毛が一面に生えているので、俗に黒ん坊と呼び慣わしているのであって、まずは人間と猿との合の子ともいうべき怪物である。しかもこの怪物は人間に対して危害を加えたという噂を聞かない。ただときどきに山中の杣《そま》小屋などへ姿をあらわして、弁当の食い残りなどを貰って行くのである。時には人家のあるところへも出て来て、何かの食いものを貰って行くこともある。別に悪い事をするというわけでもないので、ここらの山家《やまが》の人々は馴れて怪しまず、彼がのそりとはいって来る姿をみれば、「それ、黒ん坊が来たぞ。」と言って、なにかの食い物を与えることにしている。ただし食い物をあたえる代りに、彼にも相当の仕事をさせるのであった。

黒ん坊は深山《みやま》に生長しているので、嶮岨《けんそ》の道を越えるのは平気である。身も軽く、力も強く、重い物などを運ばせるには最も適当であるので、土地の人々は彼に食いものを与えて、何かの運搬の手伝いをさせるのであるが、彼は素直によく働く。もちろん、人間の言葉を話すことは出来ないのであるが、こちらが手真似をして言い聞かせれば、大抵のことは呑み込んで指図通りに働くのである。ある地方では山男といい、ある地方では山猿という、いずれも同じたぐいであろう。

その黒ん坊と特別に親しくしていたのは、杣の源兵衛という男であった。源兵衛は女房お兼とのあいだに、源蔵とお杉という子供を持っていて、松田から下大須へ通う途中のやや平らなところに一《ひと》つ家《や》を構えていた。それは叔父がゆうべの宿である。源兵衛は仕事の都合で、山奥にも杣小屋を作っていると、その小屋へかの黒ん坊が姿をあらわして、食いものをもらい、仕事の手伝いをする時には源兵衛の家へもたずねて来ることもあって、家内の人々とも親しくなった。総領の源蔵は鎌倉へ修業に出てしまったので、男手の少ない源兵衛の家ではこの黒ん坊を重宝がって、ほとんど普通の人間のように取り扱っていた。黒ん坊も馴れてよく働いた。

こうして幾年かを無事に送っているうちに、源兵衛はあるとき彼にむかって、冗談半分に言った。

「源蔵は鎌倉へ行ってしまって、もうここへは戻って来ないだろう。娘が年頃になったらば、おまえを婿にしてやるから、そのつもりで働いてくれ。」

女房も娘も一緒になって笑った。お杉はそのとき十四の小娘であった。その以来、黒ん坊は毎日かかさずに杣小屋へも来る。源兵衛の家へも来る。小屋へ来れば材木の運搬を手伝い、家に来れば水汲みや柴刈りや掃除の手伝いをするというふうで、彼は実によく働くのであった。ここらは雪が深いので、今まで冬期にはめったに姿を見せないのであったが、その後はどんな烈《はげ》しい吹雪の日でも、彼はかならず尋ねて来て何かの仕事を手伝っていた。

ここらは山国で水の清らかなせいであろう、すべての人が色白で肌目《きめ》が美しい。そのなかでもお杉は目立つような雪の肌を持っているのが、年頃になるにつれて諸人の注意をひいた。親達もそれを自慢していると、お杉が十七の春に縁談を持ち込む者があって、松田の村から婿をもらうことになった。婿はここらでも旧家と呼ばれる家の次男で、家柄も身代も格外に相違するのであるが、お杉の容貌《きりょう》を望んで婿に来たいというのである。もちろん相当の金や畑地も持参するという条件付きであるから、源兵衛夫婦は喜んで承知した。お杉にも異存はなかった。

こうして、結納の取り交しも済んだ三月なかばの或る日の夕暮れである。春といっても、ここらにはまだ雪が残っている。その寒い夕風に吹かれながら、お杉は裏手の筧《かけい》の水を汲んでいると、突然にかの黒ん坊があらわれた。彼は無言でお杉の手をひいて行こうとするのであった。

「あれ、なにをするんだよ。」と、お杉はその手を振り払った。

多年馴れているので、かれは別にこの怪物を恐れてもいなかったが、きょうはその様子がふだんと変っているのに気がついた。彼は一種兇暴の相をあらわして、その目は野獣の本性を露出したように凄《すさ》まじく輝いていた。それでもお杉はまだ深く彼を恐れようともしないで、そのままに自分の仕事をつづけようとすると、黒ん坊は猛然として飛びかかった。彼はお杉の腰を引っかかえて、どこへかさらって行こうとするらしいので、かれも初めて驚いて叫んだ。

「あれ、お父《とっ》さん、おっ母さん……。早く来てください。」

その声を聞きつけて、源兵衛夫婦は内から飛んで出た。見るとこの始末で、黒ん坊はほの暗い夕闇のうちに火のような目をひからせながら、無理無体に娘を引っかかえて行こうとする。お杉は栗の大木にしがみ付いて離れまいとする。たがいに必死となって争っているのであった。

「こん畜生……。」

源兵衛はすぐに内へ引っ返して、土間にある大きい斧《おの》を持ち出して来たかと思うと、これも野獣のように跳《おど》り狂って、黒ん坊の前に立ちふさがった。まっこうを狙って撃ちおろした斧は外《そ》れて、相手の左の頸筋《くびすじ》から胸へかけて斜めにざくりと打ち割ったので、彼は奇怪な悲鳴をあげながら娘をかかえたままで倒れた。それでもまだ娘を放そうとはしないので、源兵衛は踏み込んで又打つと、怪物の左の手は二の腕から斬り落とされた。お杉はようよう振り放して逃げかかると、彼は這いまわりながら又追おうとするので、源兵衛も焦《じ》れてあせって滅多打ちに打ちつづけると、かれは更に腕を斬られ、足を打ち落とされて、ただものすごい末期《まつご》の唸《うな》り声を上げるばかりであった。

「これだから畜生は油断がならねえ。」と、源兵衛は息をはずませながら罵《ののし》った。

「お杉をさらって行って、どうするつもりなんだろうねえ。」と、お兼は不思議そうに言った。

その一刹那《せつな》に謎は解けた。黒ん坊が娘を奪って行こうとするのは、あながちに不思議とはいえないのである。夫婦はだまって顔をみあわせた。

「おっ母さん。怖いねえ。」と、お杉は母に取り縋《すが》ってふるえ出した。

あたかもそこへ杣仲間が二人来あわせたので、源兵衛は彼等に手伝ってもらって、黒ん坊の始末をすることになった。彼はまだ死に切れずに唸っているので、源兵衛は研《と》ぎすました山刀を持って来てその喉笛を刺し、胸を突き透した。こうして息の絶えたのを見とどけて、三人は怪物の死骸を表へ引き摺り出した。

「谷へほうり込んでしまえ。」

前には何十丈の深い谷があるので、死骸はそこへ投げ込まれてしまった。二人が帰ったあとで、女房は小声で言った。

「おまえさんがつまらない冗談をいったから悪いんだよ。」

源兵衛はなんにも答えなかった。

四

あくる朝、源兵衛は谷のほとりへ行ってみると、黒ん坊の死骸は目の下にかかっていた。二丈余りの下には松の大木が枝を突き出していた。死骸はあたかもその上に投げ落とされたのである。もちろん、谷底へ投げ込むつもりであったが、ゆう闇のために見当が違って、死骸は中途にかかっていることを今朝になって発見したのである。二丈あまりではあるが、そこは足がかりもない断崖で、下は目もくらむほどの深い谷であるから、その死骸には手を着けることが出来なかった。

「畜生……。」と、源兵衛は舌打ちした。お兼もお杉も覗きに来て、互いにいやな顔をしていた。

それはまずそれとして、さらにこの一家の心を暗くしたのは、かの縁談の一条であった。黒ん坊のことが杣仲間の口から世間にひろまると、婿の方では二の足を蹈《ふ》むようになった。源兵衛が黒ん坊にむかって冗談の約束をしたことなどは誰も知らないのであるが、なにしろ黒ん坊のような怪物に魅《みこ》まれた女と同棲するのは不安であった。

その執念がどんな祟《たた》りをなさないとも限らない。又その同類に付け狙われて、どんな仕返しをされないとも限らない。婿自身ばかりでなく、その両親や親類たちも同じような不安にとらわれて、結納までも済ませた婚礼を何のかのと言い延ばしているうちに、黒ん坊の噂はそれからそれへと伝わったので、婿の家でもいよいよ忌気《いやき》がさして、その年の盂蘭盆《うらぼん》前に断然破談ということになってしまった。

さてその黒ん坊の死骸はどうなったかというと、むろん日を経るにしたがって、その肉は腐れただれて行った。毛の生えている皮膚も他の獣の皮とは違っているとみえて、鴉《からす》や他の鳥類についばまれた跡が次第に破れて腐れて、今はほとんど骨ばかりとなった。その骸骨も風にあおられ、雨に打たれて、ばらばらにくずれ落ちてしまったが、ただひとつ残っているのはその首の骨である。不思議といおうか、偶然といおうか、さきに木の上に投げ落とされたときに、その片目を大きい枝の折れて尖《とが》っているところに貫かれたので、そればかりは骨となっても元のところにかかっているのであった。

自分の家の前であるから、その死骸の成り行きは源兵衛も朝晩にながめていた。女房や娘は毎日のぞきに行った。そうして、死骸のだんだん消えてゆくのを安心したように眺めていたが、最後の髑髏《どくろ》のみはどうしても消え失せそうもないのを見て、またなんだかいやな心持になった。何とかしてそれを打ち落とそうとして、源兵衛は幾たびか石を投げたり枝を投げたりしたが、不思議に一度も当たらないので、とうとう根《こん》負けがしてやめてしまった。婿の家からいよいよ正式に破談の通知があった夜に、その髑髏はさながら嘲り笑うようにからからと鳴った。

今までは不安ながらも一縷《いちる》の望みをつないでいたのであるが、その縁談がいよいよ破裂と定まって源兵衛夫婦の失望はいうまでもなかった。お杉は一日泣いていた。その夜、髑髏が笑い出すと共に、お杉も家をぬけ出した。そのうしろ姿を見つけて母が追って出る間もなく、若い娘は深い谷底へ飛び込んでしまって、その亡骸《なきがら》を引き揚げるすべさえもないのであった。

その以来、木の枝にかかっている髑髏は夜ごとにからからと笑うのである。笑うのではない、乾いた髑髏が山風に煽《あお》られて木の枝を打つのであると源兵衛は説明したが、女房は承知しなかった。髑髏がわれわれの不幸を嘲り笑うのであると、かれは一途《いちず》に信じていた。黒ん坊の髑髏が何かの祟りでもするかのように、土地の人たちも言い囃《はや》した。

実際、髑髏はその秋から冬にかけて、さらに来年の春から夏にかけて、夜ごとに怪しい笑い声をつづけていた。それに悩まされて、お兼はおちおち眠られなかった。不眠と不安とが長くつづいて、かれは半気違いのようになってしまったので、源兵衛も内々注意していると、七月の盂蘭盆前、あたかもお杉が一周忌の当日に、かれは激しく狂い出した。

「黒ん坊。娘のかたきを取ってやるから、覚えていろ。」

お兼は大きい斧を持って表へ飛び出した。それはさきに源兵衛が黒ん坊を虐殺《ぎゃくさつ》した斧であった。

「まあ、待て。どこへ行く。」

源兵衛はおどろいて引き留めようとすると、お兼は鬼女のようにたけって、自分の夫に打ってかかった。

「この黒ん坊め。」

大きい斧を真っ向に振りかざして来たので、源兵衛もうろたえて逃げ回った。その隙きをみて、かれは斧をかかえたままで、身を逆さまに谷底へ跳《おど》り込んだ。半狂乱の母は哀れなる娘のあとを追ったのである。

こうして、この一つ家には父ひとりが取り残された。

しかし源兵衛は生まれ付き剛気の男であった。打ちつづく不幸は彼に対する大打撃であったには相違ないが、それでも表面は変わることもなしに、今まで通りの仕事をつづけていた。この山奥に住む黒ん坊はただ一匹に限られたわけでもないのであるが、その一匹が源兵衛の斧に屠《ほふ》られて以来、すべてその影を見せなくなって、かれらの形見は木の枝にかかる髑髏一つとなった。その髑髏は源兵衛一家のほろび行く運命を嘲るように、夜毎にからからという音を立てていた。

「ええ、泣くとも笑うとも勝手にしろ。」と、源兵衛はもう相手にもならなかった。

その翌年の盂蘭盆前である。きょうは娘の三回忌、女房の一周忌に相当するので、源兵衛は下大須にあるただ一軒の寺へ墓参にゆくと、その帰り道で彼は三人の杣仲間と一人の村人に出会った。

「おお、いいところで逢った。おれの家までみんな来てくれ。」

源兵衛は四人を連れて帰って、かねて用意してあったらしい太い藤蔓《ふじづる》を取り出した。

「おれはこの蔓を腰に巻き付けるから、お前達は上から吊りおろしてくれ。」

「どこへ降りるのだ。」

「谷へ降りて、あの骸骨めを叩き落としてしまうのだ。」

「あぶないから止せよ。木の枝が折れたら大変だぞ。」

「なに、大丈夫だ。女房の仇、娘のかたきだ。あの骸骨をあのままにして置く事はならねえ。」

何分にも屏風のように切っ立ての崖《がけ》であるから、目の下にみえながら降りることが出来ない。源兵衛は自分のからだを藤蔓でくくり付けて、二丈ほどの下にある大木の幹に吊りおろされ、それから枝を伝って行って、かの髑髏を叩き落とそうというのである。こうした危険な離れわざには、みな相当に馴れているのではあるが、底の知れない谷の上であるだけに、どの人もみな危《あや》ぶまずにはいられなかった。

源兵衛も今まではさすがに躊躇していたのであるが、きょうはなんと思ったか、遮《しゃ》二無二《にむに》その冒険を実行しようと主張して、とうとう自分のからだに藤蔓を巻いた。四人は太い蔓の端から端まで吟味して、間違いのないことを確かめた上で、崖から彼を吊り降ろすことになった。

薄く曇った日の午《ひる》過ぎで、そこらの草の葉を吹き分ける風はもう初秋の涼しさを送っていた。髑髏も昼は黙っているのである。

その髑髏のかかっている大木の上へ吊りおろされた源兵衛のからだは、もう四、五尺で幹に届くかと思うとき、太い蔓はたちまちにぶつりと切れて、木の上にどさりと落ちかかった。上の人々はあっと叫んで見おろすと、彼は落ちると同時に一つの枝に取り付いたのである。しかもそれが比較的に細い枝であったので、彼が取り付く途端に強くたわんで、そのからだは宙にぶら下がってしまった。

「源兵衛、しっかりしろ。その手を放すな。」と、四人は口々に叫んだ。

しかし、どうして彼を救いあげようという手だてもなかった。この場合、畚《ふご》をおろすよりほかに方法はなさそうであったが、その畚も近所には見当らないので、四人はいたずらに上から声をかけて彼に力を添えるにすぎなかった。

源兵衛は両手を枝にかけたままで、奴凧《やっこだこ》のように宙にゆらめいているのである。その隣りの枝にはかの髑髏がかかっているので、源兵衛の枝がゆれるに誘われて、その枝もおのずと揺れると、黄いろい髑髏はからからと笑った。

細い枝は源兵衛の体重をささえかねて、次第に折れそうにたわんでゆくので、上で見ている人々は手に汗を握った。源兵衛の額にも脂汗が流れた。彼は目をとじ歯を食いしばって、一生懸命にぶら下がっているばかりで、何とも声を出すことも出来なかった。こうなっては、枝が折れるか、彼の力が尽きるか、自然の運命に任せるのほかはない。上からは無益《むやく》に藤蔓を投げてみたが、彼はそれに取りすがることも出来ないのであった。

そのうちに枝は中途から折れた。残った枝の強くはねかえる勢いで、となりの枝も強く揺れて、髑髏はからからからからと続けて高く笑った。源兵衛のすがたは谷底の靄にかくれて見えなくなった。上の四人は息を呑んで突っ立っていた。

源兵衛の一家はこうして全く亡び尽くした。娘の死んだとき、女房の死んだとき、源兵衛はそれを鎌倉へ通知してやらなかったらしいが、こうして一家が全滅してしまった以上、無沙汰にして置くのはよろしくあるまいというので、村の人々から初めて鎌倉へ知らせてやると、せがれの源蔵は早々に戻って来た。源蔵も今は源光《げんこう》といって、立派な僧侶となっているのであった。棄恩入無為《きおんじゅむい》といいながら、源光はおのが身の修業にのみ魂を打ち込んで、一度も故郷へ帰らなかったことを深く悔んだ。

「あの髑髏がおのずと朽ちて落ちるまでは、決してここを離れませぬ。」と、彼は誓った。

両親や妹の菩提《ぼだい》を弔うだけならば、必ずしもここに留まるにも及ばないが、悲しむべく怖るべきはかの髑髏である。如是畜生発菩提心《にょぜちくしょうほつぼだいしん》の善果をみるまでは、自分はここを去るまいと決心して、彼はこのあき家に踏み留まることにした。そうして、丸三年の今日まで読経《どきょう》に余念もないのであるが、髑髏はまだ朽ちない、髑髏はまだ落ちない、髑髏はまだ笑っているのである。彼が三年、五年、十年、あるいは一生ここに留まるかも知れないと覚悟しているのも、それがためであろう。

この長物語を終って、老人はまた嘆息した。

「あまりお気の毒だから、いっそ畚をおろして何とか骸骨を取りのけてしまおうと言い出した者もあるのだが、息子の坊さまは承知しないで、まあ自分にまかせて置いてくれというので、そのままにしてあるのだ。」

叔父も溜め息をついて別れた。

その晩は上大須の村に泊まると、夜中から山も震うような大あらしになった。この風雨がかの枝を吹き折るか、かの髑髏を吹き落とすか。かの僧は風雨にむかって読経をつづけているか。――叔父は寝もやらずに考え明かしたそうである。

河原坊

（山脚の黎明）

宮沢賢治

わたくしは水音から洗はれながら
この伏流の巨きな大理石の転石に寝やう
それはつめたい卓子だ
じつにつめたく斜面になって稜もある
ほう、月が象嵌されてゐる
せいせい水を吸ひあげる
楢やいたやの梢の上に
匂やかな黄金の円蓋を被って
しづかに白い下弦の月がかかってゐる
空がまた何とふしぎな色だらう
それは薄明の銀の素質と

夜の経紙の鼠いろとの複合だ
さうさう
わたくしはこんな斜面になってゐない
も少し楽なねどこをさがし出さう
あるけば山の石原の味爽
こゝに平らな石がある
平らだけれどもここからは
月のきれいな円光が
楢の梢にかくされる
わたくしはまた空気の中を泳いで
このもとの白いねどこへ漂着する
月のまはりの黄の円光がうすれて行く
雲がそいつを耗らすのだ
いま鉛いろに錆びて
月さへ遂に消えて行く
……真珠が曇り蛋白石が死ぬやうに……

寒さとねむさ
もう月はたゞの砕けた貝ぼたんだ
さあ　ねむらうねむらう
……めさめることもあらうし
　そのまゝ死ぬこともあらう……
誰かまはりをあるいてゐるな
誰かまはりをごくひっそりとあるいてゐるな
みそさざい
みそさざい
ぱりぱり鳴らす
石の冷たさ
石ではなくて二月の風だ
……半分冷えれば半分からだがみいらになる……
誰か来たな
……半分冷えれば半分からだがみいらになる……
……半分冷えれば半分からだがめくらになる……

……半分冷えれば半分からだがめくらになる……
そこの黒い転石の上に
うす赭いころもをつけて
裸脚四つをそろへて立つひと
なぜ上半身がわたくしの眼に見えないのか
まるで半分雲をかぶった鶏頭山のやうだ
……あすこは黒い転石で
　みんなで石をつむ場所だ……
向ふはだんだん崖になる
あしおとがいま峯の方からおりてくる
ゆふべ途中の林のなかで
たびたび聞いたあの透明な足音だ
……わたくしはもう仕方ない
　誰が来やうに
　こゝでかう肱を折りまげて
　睡ってゐるより仕方ない

だいいちどうにも起きられない……

………

叫んでゐるな
(南無阿弥陀仏)
(南無阿弥陀仏)
(南無阿弥陀仏)

何といふふしぎな念仏のしやうだ
まるで突貫するやうだ

………

もうわたくしを過ぎてゐる
あゝ見える
二人のはだしの逞ましい若い坊さんだ

黒の衣の袖を扛げ
黄金で唐草模様をつけた
神輿を一本の棒にぶらさげて
川下の方へかるがるかついで行く
誰かを送った帰りだな
声が山谷にこだまして
いまや私はやっと自由になって
眼をひらく
こゝは河原の坊だけれども
曾つてはこゝに棲んでゐた坊さんは
真言か天台かわからない
とにかく昔は谷がも少しこっちへ寄って
あゝいふ崖もあったのだらう
鳥がしきりに啼いてゐる
もう登らう

秋葉長光——虚空に嘲るもの

本堂平四郎

備前国住人左近将監長光
正応元年八月　日　二尺二寸五分

永井家の臣に荒川卓馬と呼ぶ豪傑があった。延宝二年の秋、主君の江戸上りに従い、東海道を上るとき、代参を命ぜられて、遠州秋葉山《あきはさん》に参詣する事になった。一行の箱根を越さぬうちに、追い付けとの内命である。

卓馬当時三十五歳の壮年、武芸は何ひとつ通暁せずというものなく、なかんずく二天流の剣道は流祖武蔵の再来と称され、藩中無二の勇士である。日限《にちげん》を定められているから、秋葉山の宿坊に到着したのが夜の戌《いぬ》の刻であっても、なお彼は登山する意気ごみである。別当にその旨を通ずると、別当は断乎《だんこ》として拒絶した。

この御山《おやま》は、開山以来の制法があって、申《さる》の刻に木戸を閉じる。その後は一切登山を許さぬ、というのであった。卓馬は大いに困惑し、主命に日限あるゆえ、枉《ま》げて許されたしと懇請してやまなかった。寺僧の言うには、昔より夜間の登山者にして生還したる者一人もなく、したがって夜間の登山に、案内者は一人もおらぬ。また夜間に登山すれば、ただに登山者の一身にとどまらず、一山《いちざん》荒れて近郷ことごとく災害を被るのである。それゆえに恐れて登山する者なし。もし強いて登山せんとならば、いかなる変事あるも、他人に迷惑をかけざる旨を誓い、一札《いっさつ》差し出されたしと言うのである。

卓馬は、君命の重きを知って、一身の危きを顧みる暇《いとま》はなかった。寺僧の言うがままに一札をしたため、永井大和守《やまとのかみ》家来荒川卓馬花押《かおう》の証文を差し入れて、ようやく登山を許された。案内者もなく、ただ一人の卓馬は、亥《い》の刻も過ぐる頃、いよいよ単独登山の途に就いたのである。

時は延宝二年八月六日の夜半、秋晴れ続きて、夜は露寒く、気澄みのぼりて、星の瞬き物凄く、道の両側にそびえたつ鉾杉《ほこすぎ》、天を摩して底暗きこと、洞穴を往《ゆ》くようである。さすがの豪傑卓馬も、自《おの》ら肌の寒きを覚えるのであった。しかし彼は、君命を重んずる責任感に、胸中を満たしている。恐怖に襲われるほどの余裕も、持ち合わせぬらしい顔であった。

彼は二天流の達人である。左近将監《さこんしょうげん》作二尺六寸五分の名刀を、四寸磨り上げて手頃に仕立て、応永康光《おうえいやすみつ》作一尺八寸の脇差を添え、野袴《のばかま》に足ごしらえを厳重にして、鬼とも組まん面魂《つらだましい》、力足を踏み鳴らし、木の根岩角の嫌《きらい》なく、一散に登るのであった。

夜は猶予《ゆうよ》なく更けて、子《ね》の刻も過ぎ、丑《うし》の刻にもや移りしと覚えて、陰々たる深山、鬼気迫り、背後を見返らずにはいられぬ淋しさである。いつの間にか、木の間の星も隠れて、墨を流したように掻き曇ってきた。これはと思う間もなく、谷底に轟く雷鳴、闇をつんざく紫電、篠《しの》を衝《つ》く豪雨まで、沛然《はいぜん》として降ってきた。

雨具の用意なき軽装の卓馬は、木蔭に立ち寄り雨宿りをした。颶風《ぐふう》谷に吼《ほ》えて、木の枝を吹き折り、落葉を吹き巻き、雨は滝のように降る。全身洗うばかりに濡れた卓馬は、止まるも往くも変わりがない。むしろ一刻も早く登るにしかじと、大胆不敵の彼は、木蔭を立ち出て、登山路を二三歩行くとき、頭の上に声して、

「早く早く」

「待て待て、あまり勇気の充満《みち》て、入りかねた――」

「刀の帽子《ぼうし》下から入れ」

卓馬この問答を聴き、愕然として刀の柄《つか》を握り、大音を上げ、

「刀こそ疵《きず》はあれ、心眼には毫末《ごうまつ》の曇《くもり》なし、この所に出て勝負せよ」

と叫んだ。空中には山谷に冴《こだま》する大声にて、カラカラと打ち笑うこと、ここかしこ幾人とも数知れず。しばらくは笑いさんざめくに、卓馬は少しも油断せず、八方に眼を光らし、寄らば斬らんと身構えていた。

卓馬は、先刻登山口において、鬼魅魍魎《きみもうりょう》は気の緩みに乗ずるものと聞く、一心堅固ならば、妖怪なりとて、なにほどの事やあるべきと、自ら励まして出発したのであった。ただ常に心にかけしは長光の刀の横手下に、縦割れの疵あることで、刃味の優れたが惜しさに捨てかねてはおれど、こればかりは気がかりの一つなりしが、果たして妖怪の乗ぜんとした間隙は、この刀の疵であった。

小石を吹き巻く強風に、雨を吹き付けられ、正視することも出来ぬ闇黒《あんこく》の山道に、頼むは心眼の閃《ひら》めきである。卓馬はますます丹田《たんでん》に気を据え、水流《すいりゅうきゅうなるにまかせ》 任 急 境 自 閑《きょうつねにしずかなり》 と心境を澄ましたのであった。この境地には寸分の間隙もなく、通力《つうりき》自在の鬼神も、侵すべき機会を捉えるに窮したものであったろう。

しかるに、ここに困惑の一事があった。それは大自然の威力に対するものであって、いかに卓馬が練達の士でも、電光の閃めくたびに、灼熱の鉄棒を目に当てられるように感ずる、その刹那《せつな》の動揺を抑え得なかった。パッと野山が見えて、樹木が動き、忽焉《こつえん》としてまた闇黒となる。そのたびごとに卓馬は刀の柄を砕けよと握るのであった。

笑声が、頭の上に聴こえると思うとき――木の枝のようなもの――何となくサラサラする物で頭を撫でられた。卓馬は体《たい》を沈めて、屹《きっ》と見上げる刹那――右の腕を無図《むず》と摑《つか》んだものがある。すかさず引きはずさんと、右の肱《ひじ》に力を入れるとき、たちまち空中に提げられた。

人は、地盤に足を据えるに依って、強味がある。そのいったん地を離れるとき、まことに脆《もろ》く弱きものである。卓馬は提げられながら、両足を縮めて、右の方を蹴ってみたが、なんの障《さわ》る物もなく、暗中に高々と笑い嘲《あざ》ける声を聴くばかりであった。このとき一閃《いっせん》の電光——たちまち野山は眼前に展開した。彼には左手がある。二天流には左右に優劣がないのである。脇差を抜き右方を斬った——同時に塔《とう》と投げ出された。

両足を縮めていた彼は、投げられても怪我《けが》もなく立ち上がった。しかし何物も斬ったようではなかった。彼は地を透《すか》して、四方を物色した。またも頭に触れる物がある。さてはと跳ね起きながら、後をサッと斬った。右手の長剣で斬ったのである。それは驚くばかりの硬物《かたぶつ》であった。岩角かと疑いながら、なお油断なく眼を配るのであった。

不思議や、今まで吹き荒《すさ》んでいた風も熄《や》み、雨もはれて星さえ見えてきた。安堵《あんど》の胸を撫でた卓馬は、両刀に拭いをかけて鞘に収め、道を急ぎ一散に登り、夜が明けて奥の院に達し、礼拝も済まし匆々《そうそう》に下山の途に就いた。

卓馬は登山のとき、妖怪に苛《さいな》まれたと思うあたりに立ち止まり、何を斬ったか、硬き物は何なりしかと見廻せば、鼻のように突き出た岩の尖端を見事に斬り落としてあった。あまりの奇蹟に長光の刀を検《けみ》すれば、刃こぼれもなく、横手下八寸ばかりの所、鎬《しのぎ》にヒキが少し残っていた。斬り落とした石の層は、八寸に余り天狗《てんぐ》の鼻のような形であった。

登山口には、寺僧と里の人たちが詰めていて、登山の侍の屍《しかばね》を捜すために決死隊を募っていた。濡れ鼠のような卓馬が、平気な顔で下山して来たのを見て、一同は手を挙げて喜んだ。早速宿坊に伴い、衣服を乾かすやら、なにかと手当をしてくれた。

卓馬は、登山中の怪異を告げ、今後いっそう夜間の、登山を厳禁せられたしと語り聞かせた。しかるに寺僧の言うには、怪異の起こる場所は、天狗岩の下である。今度《このたび》その岩の鼻を斬り落としたらば、再び怪異は起こらぬやと思わる。これ一山の幸にとどまらず、郷村みな喜ぶところなるべしと言われた。果たしてその後、怪異は起こらぬということである。

卓馬は、三島の駅に宿泊中の永井大和守一行に加わり、日数を重ねて、江戸に参着したのであった。山中怪異の奇談は、宿泊の夜話となって大評判となり、永井公より秋葉長光の異名を賜り荒川家の重器であったが、後に献上したとみえ、永井子爵家に伝わったと聞く。今も在るや否や。

備前国長船住左近将監長光は、名工光忠の子である。光忠の鍛冶系には、名人が続出しておる。光忠、長光、景光、兼光、いずれも著名の巨匠である。長光はその子も長光と称し、四代も続いている。初代が文永永仁頃、二代が永仁嘉元頃、三代が建武延文頃、四代が応永である。次第に作の劣るは何国《いずこ》の鍛冶も同じである。しかし二代までの作は、ほとんど見分けられぬほどの名工である。光忠が創意の重華丁字《じゅうかちょうじ》の刃渡し、影映りという美しき肌を現わし、気品もあり、花実兼備の刀である。桜の花を重ねたような刃縁《はふち》に、匂い深く、名物帳にも、津田長光、鉋切長光、香西長光、蜂谷長光等の四刀が掲げられ、上杉家の小豆長光、鉄砲切等そのほか銘品が数多《あまた》ある。

百鬼夜行

「本朝綺談選」より

菊池寛

富田無敵とかやいひて。丹後より京都にのぼり剣術の師をする人ありけり。術はもと陰流にして烏戸大権現かりに顕はれ。僧慈音といひしものに伝へ給ひたりし妙手なりとぞ。是《これ》によりて徳をしたひ業を羨《うらやみ》て門葉をつらならん事を願ひ。秘受に預らん事を思ふ人もすくなからず。日夜一道の繁栄をあらはし、朝暮剣術の稽古やむ事なかりしかば。これひとへに摩利支天毘沙門《びしゃもん》の冥慮なりとおもひ。月に一度宛《づゝ》は稽古のひまを窺ひ日暮てより鞍馬《くらま》に参詣し。夜の内に僧正が谷を経て貴船に下り夜あけにはかならず京なる宿に帰り着《つく》を。例の事とせり。此は元禄十年秋八月十四日の暮。月のおもしろきにいざなはれて。例の参詣をおもひたち二條堀河なる家を出て暮かたよりと心がけゝるに、遁さる用の事さしつどひ初夜のかねとゝもに只ひとり。北をさして行《ゆく》に月ははなやかにひかりをてらしまず。東の峰をわけ弓杖二たけばかりもや。さしのぼりけんあすの夜をこよひになしてと。なげきしは小町がねがひなりしぞかし。そのよは

いかばかり雲おぼひけんけふの今宵にあはましかばなどゝ思ふにつけて

月みればなれぬる秋もこひしきにわれをばたれかおもひいづらん

などいへる古きながめさへ。おもひつゞけられつゝ行ほどに。車坂のほとり迄はいつとなく来たり。誠に世はなれたる人の山ふかく入すみて。石を枕にし泉に口をそゝぎなど。明れば雲鳥の心なき交をながめ。暮て月のくまなきにうそぶきしとかいひ伝へしも。かく里遠く山ふかきかたの物さびて。しづかなるを愛したりけんと。そこら見ませば木草のたゝずまひも。人の作ると心なしに木たり茂りあひ。谷の水音ほそくひゞきわたるに虫の音《ね》所せくうちあはせたるは。世のさわがしきよりは心すみておろかなる袂《たもと》をもしぼるべく。こしかたの事もさりげなくしたはしくて。そなたの空よと見あぐれば娥媚山の月の秋にあらねど。半輪にくだけたるがあり〳〵と峰の木ずゑをぞ照らすなる。先《まづ》高山を照らすとかや仏のをしへのむねをさへ観じそへて行に。我よりさきへたゞ一人行ものあり。こはいかに今まで我のみ此道をわくると思ふに。あやしとさしのぞきて。見れば世すて人と見えて。墨の衣のいと〳〵やつれたるをすそ短にからげ。種子とかやいふめる袈裟《けさ》念珠と共に首にかけたるが。旅の姿にもあらで是もよのつねのまじらひにまぎれ遥なる里に逮夜《たいや》の説法などつとめたるか。月にうそぶきつゝ山へかへるなるべしとおもふに。此僧たか〴〵と声うちあげて如日月光能除諸幽宴と打誦《うちず》したるが。たふとくおぼえて無敵はしり近づき道すがらの友と。かたらひけるに僧も心おく気色なく打とけて語りつゝ。ともに鞍馬寺にまふでたり扨《さて》心ゆくばかり念誦も終《をはり》ければ。別れて例の僧正が谷にとおもふに此僧なごり惜げに無敵が袖をひかへ。不図《ふと》したる道づれより中々おもしろき人にも出あひたるかなと思へば。何となく名残こそおしけれ足下には武道の誉《ほまれ》をあらはし給ふべき相のおはしますなり。我庵《いほ》は此山陰にありくるしかるまじくば。しばしおはせよ。猶問《なほとひ》まゐらせたき事もありなど訓々敷《なれなれしく》かたるに。無敵も心とけてさらば歩行《あるき》給へ我も月にうかれつる身ぞかし。ともに庵の月見んなどたはぶれてもとの道にくだるに。僧は大門をおりて少《しばらく》北へすゝみゆく無敵も尻にたちてあゆみけるに。とある家のうしろより鞍馬川を渡り細き道志ばをふみわけて。また山ふかく入《いら》せけり。こはいかにぞやと心もとなくて問けるに。たゞ爰《ここ》ぞとばかりいひて委《くは》しくいはず。なほ山ふかく道もなき方に分入《わけいり》けるに。無敵いよ〳〵不審晴《はれ》がたく何さま是は只ものにあらじ。当山の天狗《てんぐ》の我胆気をためすか又は山賊の糧に飢《かつゑ》て伐取《きりとり》の場にたぶらかし行《ゆく》なるべし、おのれ何にもせよ余《あま》さじものと懐《ふところ》より弾丸《はじきだま》といふものを取いだし。彼僧の頭のはち砕《くだけ》よと打かけしに。此僧事もなげなる気色してしと〳〵と歩行行程《あるきゆくほど》に。慥《たしか》にねらひたりとおもふが中《あたら》ざりけるよと。無念さ勝りてひたと続《つゞけ》うちに同じ坪を打て、すでに弾丸の数五たびにおよぶ時。此僧手をあげて首筋をさすりふりかへりていふやう。さのみ邪興したまひそと尋常の詞《ことば》つかひに。無敵も興をさまし扨は名におふ僧正坊とかやいふめる天狗御《ご》ざんなれ。いかにもして一道の奥義を学びてんとおもふ心になりて。其後は手むかひもせず只心中に摩利支天の咒《じゆ》をとなへつゝ行ける所に。とある山あひの木立殊に茂りあひたる中より。炬火《たいまつ》のひかり数多《あまた》むらがりて。こなたにむかひあゆみ来るをあれはいかにと見るに。彼僧を迎に出たるなりけり。いづれも究竟《くつきやう》の男どもにて素襖の肩しぼりあげ。袴《はかま》のくゝり高く結《ゆひ》たるが数十人敬ひたる体《てい》にて。みな〳〵僧の前に跪座《ひざまづ》ける時。僧此無敵を指さし此御客は吾ため本走すべき事あるが故。かく導申《みちびきまをし》つる也みな御供つかまつれと。前後打かこませて此並木の中を行事《ゆくこと》十町ばかりして。大なる屋敷に着《つき》たりそのさま大国の守《かみ》にひとしき住居《すまひ》して。僧はやがて此あるじと見えたるが先入りて。無敵を招じいれ上座になほし後なる屏風《びやうぶ》少しおしのけしを見かへせば。美しき女房の年頃十八九ばかりなるが二三人居ならぶを、今宵の客人はくるしからぬ御方ぞや出てもてなし参らせ給へ。奥はいまだ寝給はずやとさしのぞく。是は此僧が妻と見えて一間へだてたる方に。三尺の几帳一《ひと》よろひに屏風引そへたるを。やをらおしたゝみて。几帳のかたひら半ばしぼりあげたれば。女は物ふかく思ひわづらひたる体にて机によりかゝり。何やらん手まさぐりして居たるが、無敵が方を少見《しばらく》おこせて涙をおしのごひしばしためらひたるを。僧のひたすらにすかし招きける程に。すこしこなさまにゐざりよりつゝ打そばみて居たるは此僧の妻なるべしと。心得らるれどいかにぞやといぶかしき折ふし。僧かさねて無敵に語りけるは愚僧はもと此谷に住《すみ》て年久しく山賊強盗を業とする身なり。さるによりて日夜に我も此やつれたる僧の姿に本心を偽り隠し。ある時は都に出ある時は丹波若狭江州《がうしう》の地をふみ。おほくの旅客または女子富貴の家の若年などをあざむきつれて。衣服太刀かたな何によらず剝取奪《はぎとりうばひ》とりて身命の糧とす。今吾君をともなひ来りしも元来その心ばせなりつれども。君が武勇人に超《こえ》あつぱれの手きゝなるが故、悪念をひるがへし今宵はもろともに月を翫《なぐさみ》の友とせんとおもふ也。恐らく我なればこそ命をたもちつれ尋常《つね》の人。君が武勇に逢なばよもや命を全くする物あらじ。今は心ゆるし給へ我もまた君を害する心なし。前に君が打給へし弾丸こと〴〵く爰《ここ》にあり。すは帰し参らするぞと、手をあげて首筋を払ふよと思へば。彼最前打かけたる弾丸五つともにはら〳〵と出たり。無敵是を見て大に驚き扨はこと〴〵くあたりけるよな。然《しか》らばこの弾丸よもや和僧の脳を疵《きず》つけずしてあらんや。今僧の頭を見るに一処も疵なきはいかにといふに又こたへけるは。我もとより請身《うけみ》に妙を得たり。剣術また人に超たるが故に終に一度も疵をかうむる事なしとかたりて後。ほどなく料理出来るよしにて膳部を持出。無敵が居たる前より次第にすゑならべて数十膳はこび居たり。押つゞきて此のおくの間より衣服美を尽して着かざり直垂《ひたゝれ》に大口したる男数十人出きたり。みな〳〵膳につきて居ながれたるを僧また此人らに引合《ひきあはせ》ていはく。是みな我党の義弟供なり汝らこの客人に武勇をあやかるべし。知らずして若《も》し我のごとく此人に出合たらましかば。定めて今ほどは手と足と所をかへて骨は狼の腹にあるべきぞ。随分ともてなし候へといひつけ。酒二三こんまはり興趣やゝすゝみける比《ころ》。僧また無敵に語りけるは我最前もいひしやうに。此業をつとむる事四十年に過たり。今我年老《としおい》ちから撓《たわみ》たれば向後は此みちを止て。後生の罪もおそろしく思へば一遍のつとめもなさばやとおもふ也。されば我に一子あり剣術請身軽業みな我よりは勝りたりと覚ゆ。しかしながら我つく〴〵思ふにかゝる事を業とせんは。人たるものゝ道にそむけり然れども我年ごろ此みちに長じける事は。往昔何某と名乗て仕官せし比去《さる》子細ありて。剣術の妬みと号し我を恨《うらみ》ける人ありしを返討《かへりうち》して。立退たる身なりければ世渡る便なくて飢に及べども。二たび出て仕ふべき奉公もなりがたく心より発《おこ》らざる盗人となりたり。世倅《せがれ》は又人の知りたるにもあらねば何方にも出し。あはれ武芸の家をも発させんとおもふに。悪事にはすゝみやすく盗賊のかたにひたすら鍛練し。中々我手にも及びがたく恐しきもの也。今君が手を仮《かり》て彼わつぱを手討にせばやとおもひ侍る也。此事君ならで頼むべき器量の人なしと二心なげにいひければ。無敵も実世《まこと》はなれ跡を隠しても身を全くし時節を待《まつ》とならば。誰もかくこそ有べけれさすが武士たるものゝ世に零落したりとて。賤《いや》しきものゝ業もならねば辻伐《つじぎり》追剝などもするならひなるを。其子として此道を好《このみ》たしなまんは又人の道にあらず。足下の心ざしこそと察したれば如何様とも御心に任すべしと請合ける程に。僧も世に嬉しげに打ゑみ扨林八《さてりんぱち》〳〵と呼《よび》しに。答して出るものを見るに年のほどいまだ十六七には過ずと見ゆるが。髪かたち物ごし手足のはづれまで美しく。白くあぶら付たる事玉をきざみて人としたるやうにおぼえて。無敵も人知れず心をうごかす計《ばかり》なり。余りたへかねけるまゝに此器量ありて殊に剣術の妙を得たらん人を。いかにおもふやうならずとて我にあつらへ殺さしめんとは。心底の程はかりがたし他人の身としてだに惜しまるゝを。まして父の身なり実《まこと》に憎みて殺さんとおもはば。慈の道をいかゞせんとかおもひ給ふといふに。僧わらひて何とも答へず只殺し給へとばかりいひける内。はや無敵が前に彼弾丸五つと二尺ばかりなる腰のものを指出《さしだ》し。扨林八を招きていはく。汝この客人に御相手となり随分と身を遁れよ自《おのづと》仕損ぜば恥なるべしといひ付《つく》。両人をつれて纔《わづか》なる一間に入《いれ》外より鎖をおろしたる音す。その内はたゞ二間四面の板敷にして。四方に聖行灯《ひじりあんどん》といふ物かけたるばかり。林八は手に馬鞭一本を取たるばかりにして刃物をもたず。無敵はあまり心やすき事におもひ常に鍛練せし弾丸をもつて。只一ひきにと打かくるに。鞭をあげてあやまたず敲落《たゝきおと》し。その儘《まま》飛あがりてたちまち梁のうへにあり。こはいかにとはたと打ば。飛《とび》ちがへて無敵が後にあり。払へば前くゝれば右手あるひは戸のさんを走り。鴨居に立《たち》壁をつたふ事蜘蛛《くも》よりも早く。手もとにも眼にも遮りとゞむべきためらひもなければ。徒《いたづら》に五ツの弾丸こと〴〵く打つくし。今は腰の物をぬいて飛かゝり。真二つにと丁と討《うつ》を鞭に請《うけ》てはらふ事さながら神か鬼か。通力を得たる人のごとく無敵か身をはなるゝ事。纔に二尺たらずして付めぐるに。幾度か手を尽し切《きれ》ども突《つけ》ども。只鞭にあしらはれていさゝかの疵をだに見ず。無敵も機をのまれいきほひぬけて十死一生を極め。富田一流の極意四目刀四重剣より飛当見の高上迄も。心をつくし秘術をくだき縦横無尽に働きけれども。中々薄手の一つをもおほせず。あぐみてしばし扣《ひかへ》たる所に。僧おもてより声をかけ両方たがひに引候へと錠をあけて。両人を出し僧もしばらく愁たる色にて無敵にむかひ。さて〳〵比類なき働《はたらき》おそらく此道の奥義を得給ひたりと見ゆ。しかしながら今しばらく戦《たゝかひ》たまはゞ御身の程恙《つゝが》なき事あたはじ。尤《もつとも》彼が事は我子ながらかゝる妙手は得たり人がらも他に異なれば。不便と思はざるにもあらざれども。ひたすら盗賊の業を悦ぶがゆゑに所詮なき物と思ひ。貴殿の働を願ふといへども。夫《それ》さへ及ばざるうへは是非なき事なり。今は休み給へと酒をすゝめ終宵兵法の口伝秘術など。いまだ聞《きか》ざる所を委しく伝へける内。はや夜は七ツの比《ころ》にもやなりけん。月のひかりもやゝ薄らぎ鳥の声かすかにおとづれわたるまゝに。無敵は急ぎ帰らんとす僧もまた名残おしげに立《たち》て。しばらくが程見おくりて入ぬとぞ見えしが。跡は朝霧のふかくして二三町も過ぬらんと思ふに。はや棟門たちならびたる屋敷も見えず。忙然と踏しらぬ山道を分つゝそこともしらであゆみけるに。漸《やっ》と人里に逢ひたり。いそぎ近づきて。都への道たづねなどしけるにて知りぬ。静原より大原にかよふ山みちなる事をせめておぼえ帰りぬ。扨も猶そのほとり不審《いぶか》しくて二三日も過してまた彼山道を尋ねけるに。道の違ひたるにや終に二たび逢《あふ》事なしとぞ。

（この話は。「お伽百物語」の中にある。白梅園鷺水の作である。文章雄勁にして暢達どこかに上田秋成の面影あり、各篇構想変化を極めて怪談中の白眉である、恐らくは、支那小説飜案も交じつてゐるのだらう。この話の中で、無敵が山中で逢つた奇人に弾丸を投げつける一条があるが弾丸と云ふ武器が、日本に有《あっ》たかどうか。篇中の怪少年は日本の講談稗史《はいし》中出色の人物である。この話の註に、「静原山にて剣術を得たる人の慢心をいましむる事」とある。文章の意は、無敵が怪少年をいましめたやうに見えるが、然し話の全体を考えると、神仙の徒が、富田無敵をいましめたやうにも当つてゐる。がそれにしては、無敵が慢心してゐるやうな所が少しもないのが可笑《をか》しい。だが、神仙の徒が無敵に弾丸を投げられたのを怒つて、人力の及ばない怪少年を点出し来《きた》つて、無敵をいましめたのであるか。が、それはとにかく、日本の稗史小説中武芸勇力の士は、大抵道徳家であるが、この少年の如く強捷無類にして、しかも悪漢たるは甚だ珍らしい。）

鉄の童子

村山槐多

いその上古《かみ》屋壮士が太刀もがなくみの緒してて宮路通はむ。(催馬楽)

山嶽歴程

自分は一公卿《くぎょう》華族の二男に生れた。猩々《しょうじょう》の血をうけたと見えて少年時代から青年時にかけて酒と火災と赤い血とに浸って生き永らえた末自分はつくづくこの人工の地獄が厭になった。都が厭わしくなった。そこで一切の悪鬼を振りすてて一つ是《これ》から山多く道けわしき日本全国を何のあてどもなく流れ廻ってやろうと決心した。たとえ是も放蕩の一つに過ぎないとした処で此方がはるかに美しく思えたのである。

自分が流浪の第三年目である。自分はげにも不思議な豊麗で雄大な容貌と内実とを有《も》った山国に這入り込んだのである。この国は大きかった。この国は真に大の国山嶽の国であった。国の北半に位する三つの盆地の外は殆んど総てが国であった。その山々は約四五条の山脈から成立して居る。この四五条の山脈は各々皆同様な根性を具《そな》えて居る者である。太陽の精力を有った者である。乱暴者である。先天的の大悪人である。闘士である。強壮な男性である。犯す可《べ》からざる崇高な野心を以て鋭く険しく豊な形相を以て腕力を以て堂々と自己の拡大を超越を企てて止まない者である。

是等の山脈は各々決して相ゆずる事なく唯《ただ》まっしぐらにならび走る。一のすきを見せないのである。すきあらば忽《たちま》ち強き山脈がその山脈に侵入し領分を奪い去るのである。北より現われた一山脈は疑いもなく火山脈である。著しい異色を有ちそが爛々たる諸所に光る数箇の火の眼玉は千年を艶麗にも他をおどかしつけて居るのである。この火山脈が火を以てするが如く他も各々恐ろしい天然の武器を具えておどかし合って居る。必然そこには山脈と山脈との身慄《みぶる》いする様な大戦闘や紛擾《ふんじょう》が至る処に見られるのである。この国は永劫《えいごう》の竜虎の如く血と火との如く相撲《あいう》つ者の修羅場である。

又山脈と山脈との恋愛が見られるのである。あらゆる大なる者の間の交渉がこの山国の堂々たるが中に満ち溢れて居るのである。そして天から殺到する雪が霞《かすみ》が雨が雲が美しくこの山々の放恣《ほうし》なる領国を飾るのである。自分がこの恐る可き山国に足を踏み入れた時の第一の感情は恰《あたか》も豪族と豪族との暗闘史或《あるい》は宮廷の周囲なる多くの貴族が暗闘史を読み始めた時の様であった。実に、彼等は敵も味方もすべて世にも貴き血の集団である。古い立派な祖先と代々との畏敬すべき血の大海の王なのである。彼等の一つの眼一つの指一本の毛にも恐ろしく古く大なる豪奢《ごうしゃ》の背景が宿って居る。彼等が一挙一動にもこの背景が動く。彼等が一と一との争闘はひいて何千年何万年の間続いた彼等が血統がすべてをあげての大戦となるのである。

彼等が一人の恋一人の悲哀はとりも直さず過去の遠近にかくれた、数十人の恋数十人の悲哀なのである。真にこの山国には新らしい物は無い。一切は過去の大塔の頂上である。九輪である。この山国には現在と云う趣は何処を捜しても見えないのである。その代りには時の絶対と云う事実が実にそのまま露出して居るのである。千年前も今も千年後もすべてが唯一つとなって山々に宿って居る。

そして自分は其《そ》れを眼で見た『今の此国は何であろう』『それは永劫の此国である』と胸の底に声がした。この永劫の国に這入った時まったく自分は茫然とした。果して此大きな境を人間が歩むさえも出来るかどうか。恰《あたか》も千尺立方の鉄の台を座蒲団として前へ出されたと等しい事だ。自分は戸まどった。が一度頭をもたげて雲間を是等の大山脈が突貫し猛進し爛々と輝やきつつ其《その》永劫の偉大に向って永劫に達しつつある勇壮な光景を見るや是等は忽ち自分の心に数嚢の濃い血を注いだのである。自分は旅杖をふりかざして躍り上った『俺も貴様等には敗《ま》けないぞ』かく叫んだのである。そして自分はましぐらにこの山国の恐ろしい山の渦巻の中に身を没し去ったのである。

自分は以来狂気の様に歩きまわった。炎につつまれた聖者の如く毎日毎日紫と群青との山々をよじ登り渡り歩いた。山脈は実に濃き数代の遺伝、空気に触れず千年を流れる血の河である。その山脈に属する多くの山々は代々である。子孫である。自分は一族の歴史系図を調査するが如く神秘な心で、山々を経《へ》巡った。山の系図は実に罪悪をもしばしば蔵して居た。中には人知らぬ混血の山々があった。また純なる山々も多かった。時は丁度春から夏にかけてであったからして、山々は皆重々しき澄明を帯びて居る。曇って居る。そして多くは抛物《ほうぶつ》線状の極端な曲線から成り立って居る高き低き山々の姿は紫や普魯西《プロシア》青や緑に輝いて居る。ある山は武官の盛装した様に金モールの飾りに輝いて居、或る山は真赤に染まって居る。が最も高貴な山々はすでに四季をも超越して居るのである。其《それ》等は皆白雪と親しんで居た。五箇月の間まったく山の中で暮した。人をも余り見た事がなかった。見る人とては山の麓《ふもと》山の麓の小さな邑々《むらむら》に住む少数の質朴な民のみに過ぎなかった。山に驚ろく自分はまた彼等を発見して驚ろきに打たれた。かくも狭くかくも重量ある人間がこの隆起した崇高な世界に生きて居るのだと云う事は自分が是までゆめにも思わぬ事であった。行程の始めは東の国境を歩いた。其一部は火山脈をつたったのである。自分は鮮血で染められた道を歩く思いがした。一火山は猛烈に火を噴いて居た。入日が赤く赤く其中腹に照るのを見た。其時太陽は恰も裸体の奴隷が暴《あ》らけきその主人の衣に刺繍《ししゅう》するが如くに見えたのである。自分は東から北にうつった。その方面では一万尺の雪峰の上で五日五晩迷った事があった。其時自分はまったく地球を地文学的に相対して見る事が出来た。その冒険の後いよいよ至険な西境の山々をつたった。西の山々は実に高峻であった。雪と岩との境であった。大山高山では必ず神を見た。が其神はきっと山に圧伏されて居た。神は山の小道具の一つに過ぎないのであった。神はむしろ山であった。山が神その物に見ゆる事の方が多かった。高山の麓や頂上の石の神祠《しんし》にぬかづいて神と共に山を拝する時山は実に奇怪に見えた。悪神の相が現われた。自分は或時つむじ風に依ってそびえ立った様な険山を登った。

そしてその中腹で雪を冠った神殿を覗き見た。その神は裸体であった。そして手に一疋の長蛇を握って居る。其蛇は自分を戦慄さした。そして再び上り始めた時自分の心は恐怖で一杯になってしまった。もはやその山は蛇と化して居た。自分は遂に蛇の体を頂上まで登ったのである。自分はまた山の沈黙を見たのである。異常なる沈黙であった。沈黙は大な海をなしてあらゆる谷間を洗って居た。この恐る可き沈黙の中から山の真の姿を洞察しようとも試みた。けれども自分は遂にこの海に呑まれてしまった。沈黙の山こそはげに恐るべき物であると共にまたこの山国の大を致す所以《ゆえん》であった。自分は五箇月の大部この沈黙に呑まれて居た。そして沈黙の内から沈黙を眺めつくしたのである。夜も昼も山は黙って居る。天然のあらゆる現象は気ままに振舞う。美しい趣はこの山の沈黙から大様《おおよう》から伝わって来るのであった。自分は炎天の山を愛した。その時山は実に明に輝きその神経その血管その骨は外から幻燈を以てうつすが如くその外面に現われるのである。

がこの山国の暗きが如きまでの不思議な大沈黙は真は一つの前兆であった。この前兆が暴風と化し涕泣《ていきゅう》と化せざる前にもはや自分は山々の歴程を終らなければならないと覚った。其れは五箇月目の事であった。八月中旬自分は長き峡《たに》を越し又無人無路の山を横ぎった後一盆地に下りた。そして天より来し人の如くひそかにこの盆地の気分を覗《うかが》って見た。そこには湖水があったが人間はすべて余りに長く住み過ぎて居た。自分はこの平地が余りに平凡なのにあきれてしまった。そこでそこを去って又西境の山地へ行った。そして一高山を征服した後いま一つの盆地に下りた。その道に於《おい》て自分は一山を越さねばならなかった。自分は其山に於て奇体な事を見た。その山の山頂に一岩が立って居る。その岩の端の裂け目に小さい古鐘が一つ掛かって居るのである。

そして其鐘には浮彫が施されて居るが、其れが確に印度《インド》の式である事である。確に交りっけのない印度の鐘だ。印度の小鐘が日本の奥のかかる山国の一山頂で絶えまなく沈んだ音律をもらして居ると云う事に自分は異常な感じに打たれた。そして旅杖でその鐘をなぐりつけた。

と鋭い明確な音響は世にも味気なく宙に冴え渡った。その音は恰も青銅をこの国にもたらす様に古雅であった。また恐ろしい不吉を宣言する陰陽師《おんようじ》の声の様に厳格であった。自分が鐘の吊られたる岩に凭《もた》れてふと下界を眺めるとそこには盆地の青い狭い野が見えた。そして其中ばに銀紫に霞《かす》んで一つの小市が顫《ふる》えつつわが眼に入った『あすこへ行こう』と自分は思った。すると何だか不吉な呪われた思いが俄《にわか》に幽霊の様に増して来るではないか。も一つ鐘をたたいた。この鐘の音は一層明確に陰気に響き渡った。『だんな其鐘を余りならしては不可《い》けない。その鐘に手でも触るときっと其奴《そやつ》は死ぬと言う言いつたえが昔から御座りまするで』自分の老案内者はさも恐ろしげな眼つきをして自分を止めた。『ふうん』自分はかくてこの山を下ったのである。山頂の鐘は風雨にさらされて一体いつ頃から掛り始めたのであろうか。寺院でもあったのか知らん。この小さな青銅の古鐘が妙に頭に残った。その日の夜は麓で宿った。翌朝眼覚めたる自分は是までに打ってかわった感じがした。そうだ、もう俺は山の歴程をすっかり終えてしまったと云う完成円満な感じであった。実に言い難い愉快な気持でその朝平地に向って出発した。案内者はすでに前晩やといを解いた。

地獄の快楽から人間の快楽に帰った様な気がした。自分は長く歩かんでもよかった。粗大な馬車に乗った。馬車は走った。がたがたと石を突きつぶして電の様に平原を走る。自分はともすれば振落されそうな車窓から首をつき出してすでにわが山々がすべて遠景となってしまったのを見て狂人の様に笑ったのである。わが四辺に見ゆる遠景の美しさ。しかも其れは皆自分が嘗《かつ》て過し来し山々の遠景であるのだ。それはげに真実なる遠景であるのだ。自分は是からしばらくこの盆地で寝ころんで暮すだろう。だがこの遠景はついに未だわが眼を離れ得ない。自分は嬉しさの余りにかく言ったのである『いつまで俺は谷を彷徨《さまよ》うて居るのだろう』けれどももはやわが馬車は大河を右にし汽車にならんで走る様になったのである。昼近くであった、自分の車は町に着いたのである。多くの人々が居るのを見た。此人々の如く是からこの町で暮すのだ。この町には黄金の温泉が涌いて居るのである。自分はその泉で殆んど麻痺したわが足をいやすのである。町の入口で馬車を下りた。半日の車になれた足が再び地に着いた時心には美しい安息が満ち溢れた。眼を上ぐれば自分は薄紫の小市の入口にすでに立って居るのである。そして四方には或は遠く或は近く薄く濃く奇異なる山脈が見えるのである。殊にかの鐘を見た山は一番近くにある。が要するに総ての山は遠景となってしまったのだ。空は晴れやかに美しく見える。自分はまた大笑した。宿屋に着くとじきに寝た。実にわが流浪中かくばかり快き眠りには未だ会わなかった。

壁の町

翌日の九時半頃起きてこの小市の大体を見る為に宿を出た。数歩歩むともう此町が著しく古びた頽廃《たいはい》した物である事がわかった。家々は皆実に古趣を帯びた薄暗い埃《ほこり》に染まり茫然と一種のだだっぴろい沈黙を守って居るのである。そして薄紫と土色との混じた色の壁が至る処で非常に強い現象をなして居る。そしてその厚い壁と薄い瓦との建築で何だか全体壁で出来た様に見える家ばかり列《なら》んで居るのである。『壁の町』と自分は呟いた。家々は皆低い狭い入口を有って居るだけで、窓もない様な外観である。盲目の家々である。そしてその感じは実に冷酷を極めて居た。自分は又人間を見て甚しく驚ろいた。そして容易ならぬ不思議な思いに満たされたのである。全体此町の人間は金属で出来て居るのではないか。もしくは土偶か。こう云う考えが臆面もなく自分に来たのである。それは事実であった。実に路で会う人会う人がすべて思考して居るのである。或者は口を飽くまで結び或者はうなだれ或者は狼の如く無情な眼を輝かして居る。そして一として話したり笑ったりして居る者はないのである。自分は二人の男が路上でぱったり行き止ったのを見た。ああ話が始まるなと思った。が両人は立ちどまったのみであった。依然として何等の表情をも示さずに恰《あたか》も双方から相恐れるが如くにまた離れてしまった。『沈黙の町』と自分は怒って呟いた。凡人の沈黙程世に愚《おろか》な事があろうか。自分はいくら行っても、この町の黙り込んで居るのを見て何とも言い知れぬ悲哀に打たれたのである。かくもこの平地へ下り来ったのは何の為であったろうか。そこにてかくまでも山嶽の感化を受けて殆んど仙人染《じ》みた自分とにぎやかな派手ななつかしい人間の生活との対照を楽しむ積りであったのだ。それに何と云うこの町の光景だ。この町はげに病毒に侵されて居る。痲痺《まひ》して居る。げにこの町の人間の第一の特徴は彫刻的であると云う事である。金属的であると云う事である。自分は一人の職工が半裸体で居るのを見た。彼は大音響を発する大槌を上下して居た。恰も其時悪神に会ったよりも甚だしき驚嘆に打たれたと共に致し方もなき孤独の感じに囚われてしまった。其身体の色沢の金属的なる事よ。

自分はしばらく立すくんで其赤き異常に発達せる筋肉を睨んで居た。しかも其男は博物館の立像の様にこっちを向かなかった。自分はそれからしばらく歩く内にこの町の人間の特徴を知り得可き二つの事を見た。第一に見たのは一豪家の前である。一人の老乞食の実に哀れなるが其処に坐して居た。彼は病み衰えて今にも死にそうである。彼は旅をしつつあるのである。自分は此乞食の余りに衰弱して居るのに眼をひかされて思わず立止った。すると同時に一人の立派な男が門内から出て来た。そして其冷やかな表情なき顔は一言を吐いた『おいおい困るじゃないか』乞食は驚ろいてその顔を見上げた。そしてどうぞもう二三時間待ってて呉れ、そして日がすこし薄れたら歩いて行くからと頼んだ。もっともである。此炎天にかかる衰えた老人がどうして歩けようか。しかしこの男は無情にも強いて乞食を追い立ててしまった。自分は実に拳を握った。そしてその男を睨みつけた。其時あの哀れな乞食のあとに一嚢の金が残った。彼はあわてて其れを落したのだ。するとこの卑劣な奴は微笑した。そして其れをそっと拾いとってすぐ門内に入らんとした。自分の怒りは破裂した。自分はいきなりその男の首すじを摑《つか》んだ。そしてその頭をなぐり付けた。そして財嚢《さいふ》を奪いかえして乞食の手へ持って行ってやった。かの男は自分の与えた鉄拳でさぞ怒ったろうと思って顧みた。其時自分の涙をさそった事は彼がにやにやと微笑してそのまま門内にかくれてしまった事であった。自分は涙を眼に溜めて二三丁走ってしまった。漸《よう》く腹立たしさを押えた時、自分はふと一神社の前に居る事に気がついた。何だか由緒あり気であったから折よく其処に通り掛かった一人の青年に尋ねた『この御社は何て言うのですか』自分の痛くも屈辱《くつじょく》を感じたる事はこの青年がしばらく立止って自分の顔を見て居ながら一言の答もなく行ってしまった事である。これが第二である。自分の憤怒《ふんぬ》は極点に達した。何と云う愚劣な町だ。自分は叫んだ。『馬鹿野郎』だが炎天中の『壁の町』は冷笑をも見せないのであった。自分は殆ど狂おしくなった。そして無暗に下駄を鳴らしてこの灰紫の路上を歩いて行った。二三丁来ると川がこの町を貫通して居る処に出た。そして非常に嬉しくなった。かかる妖怪な領界の中にもかくばかり懐かしい川があったのかと感じたのである。その川の幅は約六七間ばかりである。そして豊な透んだ水がたぶたぶとゆるやかに流れて居るのである。自分は橋を渡った。そして暫らくその上に立った。今日の太陽は既に極盛に近づき、薄紫と朱との日光をもて燥狂の精力をもて赤く赤く下界に照り付けて居るのである。暑気は実にむごく妖怪な鋭き沈思を万物に強いて居る。自分の体にはすでにさっきから汗がだくだく流れて居るのである。河水は冷やかで涼しいが岸の薄暗き柳樹は五六本如何《いか》にも苦しそうに銅色に光りあえいで居る。そして山々の遠景は此処から最もよく綺麗に見える。真昼の美麗なる群青を其奇なる形の上にべたべたに娼婦の如く塗りつぶして居る。そして其中から気高い深い山界の気品がほのかに現われて居るのである。自分は懐かしくなって、じっと山々を見つめた。其形は此小市から百里も遠方にあるかの様に遠く空に浮んで居るかの様に高く見えるのである。この懐かしき山々は恰も自分に『おお。お前はもはやそんな処に居るのか』と言って居る様であった。自分は勇気を回復した。今までに受けた悪感情は消えてしまって、心は晴れかけた。わが裸の頭は焼け爛《ただ》れ眩暈《めまい》しそうになるまで、自分はこの遠き山々との無言の対話を交換した。恰も国事探偵が外国から本国に通信する様に。そして再び歩き出した。二時間ばかりにして自分は宿へ帰った。そしてこの町の無言と冷酷と強壮とは実に苦しく頭に残ったのである。

だが自分はこの思うままに振舞える炎天に照らされたる『壁の町』にしばらくはどうしても住まねばならないと云う決心をした。よし自分はこの町と闘ってやろう。彼等劣等なる民に彼等が近く居ながら尚それと気づき得ない高貴なる山の感情を教えて遣《や》るんだ。いざ俺はこの金属の人々と遊ばんかな。自分は手を拍《う》って立上った。そして夜黄金の酒の如きよき温泉にうっとり浸り耽《ふけ》った。この温泉こそは自分の空想に一寸の差をも見せない実に喜ばしい物であった。そして第二夜を傀儡《かいらい》の如くにして臥《ふ》したのである。

裸童の群

翌日の午後である。暑気は人喰いたる獅子の吐く息よりも猛烈であった。この暑気にわが宿の人々はすべて苦しめられた。数名の同宿者もいつの間にか外へのがれてしまった。自分も外出した。山の反射の為にこの地方の午前及び夜はそうでもないが午後の四時五時時分までは日は著しく残酷である。いささかの嘆きもいささかの涼しき思いをも許さない。宇宙は石油の如くに薄紫となり点火し易くなる。其危険な中に真赤な太陽は舞い上る。

暴君が王座に上る様に上る。そして崇厳な恰も神宮の中にあるが様な沈思の上に太陽と云わんより天全体の火の暴政が下る。あらゆる物は焦げねばならない。かかる時『壁の町』の沈黙はますます其の度を加えた。地は紫金色にぎらぎらと光った。日の光る処銅板と変じ陰影の場所緑青と化する。火は絶え間も無くこの感じ易き金属の上を訪れる。瓦は赤色を帯びて一様に光る。壁も光る。金属の如き人も光る。是等光る物は混とんとして見るからに華麗な派手な妖怪な焦熱地獄を作り上げる。そしてわいわいと天に向って苦しみうめくのである。処々の家々に見える胡桃《くるみ》の木は点々と美しい金と紫とに大空の永劫の狂乱にへばりついて見えた。あらゆる緑の植物はこの町から天に捧げる賄賂《わいろ》の様に見えた。そして無残にも天は太陽はこの貴き捧物に唾液《つば》を吐き掛けて突き戻して居るのである。その唾液はそして真赤だ。自分は自分の皮膚が焦げる音を聞きつつ杖をひきずって歩き出した。前日と同じ道を真直《まっすぐ》に行った。それはあの川に達せんが為であった。やがて自分は汗の甲冑《かっちゅう》をいつの間にか負わせられて橋上に来た。

そして欄干に凭《もた》れて、じっと水面に見入った。ああ此処へ来ると蘇生する。水面は実に冷たく透明である。自分はじっと見入った。水はすこし急であるが如何にも悠然と流れるのである。この狂わしき虐殺めいた白昼の中も知らず顔で堂々と流れて居るのである。丁度胆汁質の人が大酒を呑む様を眺めて居る様な感じである。自分は見とれて居た。そうしてうっとりとなった。涼しさは身に加わった。自分の心にはあらゆる物に対する興味が沛然《はいぜん》と大雨の様に降って来た。実に耐え難く嬉しい。面白い。自分は口笛を吹いた。そして不動明王の様に日光を浴びてぼんやりと橋の上に居た。熱い。眼を上げるとこの川の両側には材木小屋が幾つもある。鉛色の大きな倉庫も左側に列《なら》んで居る。両岸とも河岸に成って居て材木が一杯に積んである。そして老柳樹がずうっと河岸に植わって居るのである。その柳樹は綿羊の毛の様にしつこく油色にどんよりと輝き、其陰では処々に人夫が機械的に働いて居る。そして河岸は真に美しい真昼に似ずさびた元の絵画の様なまた豪放な趣のある調子を形成して居るのである。自分は俄に其河岸をずっと行って見たくなった。それで橋の袂《たもと》から其河岸に下りた。そして歩いて行った。この時天の猛火にはすこし影が差して川の上も河岸もやや暗くなった。物みなは紫の硝子《ガラス》を通じて見る様に怪しき相貌を帯び来り諸々の線条はぼんやりと曇った。河岸の情調は著しく彫画的になって来た。自分は数団の労働者の横を過ぎた。彼等は皆実に金属的である。そして憎む可くもこの地方特殊の表情なき情なき悪心あり気な容貌でもって狼の如く疑い深く自分を見るのである。自分は一種の恐怖を抱きつつむしろこの群が古代的異国的な感じを呉れるのを喜んだ。彼等は黙って仕事して居る。寒国の事であるから彼等はこの夏の盛りにでも南国人の様に肌を余り見せないで皆汚れた着物で全身をかくして居るのである。

彼等は有り余るばかりの血液に富みその面は真赤である。そして多くは多鬚である。或一群は柳樹の下に集まって各々大なる氷塊を口にして居た。或一人はまるで劇場で見る様に派手にぴかぴかした大まさかりをとって木を割って居た。その有様は全然人間とは思えなかった程機械染みて居た。自分はまた柳と柳との間に現われる美しい川土を見つつ進んだ。その青色は自分を尽くる時なく絶えまなく嬉しがらせた。自分はかくて約一丁ばかり此河岸を進んだ。そして一の大石油倉庫の角を曲った時この沈思した風景の連続は忽ち破壊された。ぱっと異常に明るくなった。そこには希有《けう》なる朱色の芸術が現出したのである。そこには第二の橋が掛かって居る。そしてその橋の袂に一群の裸体の童子が喜戯して居るのであった。自分はあまりの鮮やかさにぱっと顔にほてりを覚えた、胸はわなないた。そして立どまって思わず言った『俺はこの町をひがみ過ぎて居た』と。げに今自分の前に現われた物は何であろう。喜びである。情の原素である。蜜蜂の飴色の巣である。自分はこの山国に這入ってから五箇月の間と云う物恐ろしい『力』に没頭して居た。山から出づる『力』の発掘に従事した。そして幾分の夫《それ》を得た。が自分は人間のそれをも得んと希《ねが》った。そして平地にかくも下りて来たのである。そしてこの町でその由もなき有様に落胆したのだ。遂には自分は人間の強さ美しさを永劫に見失ったのかと悲しんだ。けれども、自分は幸福であった。今こそは人間の『力』が見えた。自分は思わず一声のうめきを発したのである。そして一瞬にして自分の全感覚は精巧なる鏡と化した。千箇にして一箇なる眼玉を取りよそおったのである。ああ自分の鏡前では今人間の真の姿が舞踏して居る。真赤な童子の一群が美しい真昼の水面に喜戯して居るのである。透明な薄紫の水は美しい層をなして刻一刻流れて居る。恰も無邪気な乱暴者の生涯の様に。其上には河岸の風物が薄紅に銀に紫に様々な色に映って居る。

そして輝ける沈滞の薄明りの中を過ぎる唯一道の快活なる光輝の中に、真赤な童子が喜戯して居るのである。自分は希臘《ギリシャ》の夢を見て居るのかと疑った。この童子の数は約二十人ばかりもあろうか。総ては丈夫な子であるのだ。一様に太い豊麗なぴったと胴体に接着《くっつ》いたる粘着強き二手と二足とを自由自在に、恰も埃及《エジプト》の浮彫の様に運動させるのである。その赤い皮膚は輝いて水に濡れその上に日の色を受けて実に美しい。肉感は全群に満ち渡って居る。そして空気を貫通する肉弾はぴくぴくと互に間断なく交錯するのである。今二人は橋の欄干に上って居る。そして一人は身を躍らして水面に飛び込んだ。続いて一人も真逆様《まっさかさま》にそれにならった。大きな水烟《けむ》りの間から頭はやがてぶくりぶくりと現出し、其顔は花の様に笑って居る。きちっと日がそれに輝く事の美しさ。更に数人は水に潜る事を争って居る。どっぼんと大きな音がする。水の中を行くのが自分からほのかに透かし見られる。青い水は燐光《りんこう》の如く五体にからみついて行く。そして皆々は可成りの長き時間水中にあって、それから勢よく顔を出す。或者は三間ばかりも行き或者は恰も水中の暗黒を嫌う様にいちはやく顔を出した。そして笑った。その安堵《あんど》に満ち切った顔は更に他の遊戯に移る。多くの者は唯あちこちと無暗《むやみ》に泳ぎまわって居る。一方では石を水底に沈めてその取りっくらをやり始める。四五人が勢《いきおい》よく一時に潜り込んだ時その臀部《でんぶ》はかっと光った。そして一人の子はいちはやくも手に赤い岩石を捧げて浮び上った。多くの泳ぐ子の無邪気な肉と美しい水波との常に変化する関係は実に自分を動かした。自分はそこに太古の面影を見た。極めて神話的に見ない訳には行かなかった。自分は岸に這い上って濡れた甲羅を乾して居る五六の子の傍に歩みよった。彼等はふと一時に自分を見た。自分は見かえした。そしてその刹那《せつな》彼等は矢張り『壁の町』の地方色に欠けて居ない事を感じた。豊満な頬や倨傲《きょごう》な唇や沈んだ底光りのする眼やは自分をおびやかした。が自分の嬉しくなった事は彼等が絶対に大人でない事であった。そして彼等が人間である事であった。決して金属では無い事であった。実に是等の子供はぴちぴちとして生きて居る。勿論是等は皆この町の憎む可き無気力な人間共の子であろう。その血で出来た者であろう。が未だ是等は父に汚されては居ないのである。純潔な人間の子である。何にでも作り上げる事の出来る無垢《むく》の材料である。彼等はすでに人間の『力』を有って居る。実に暴風の子等である。相戦うに耐うる勇ましき子等である。彼等がこの川上の美しき喜戯も実は戦の用意である。練兵なのではないか。しかし此練兵は何の功績をもあげ得ずして恐らく年が経てば彼等もやはりこの『壁の町』の沈黙せる憎む可き守兵の仲間入りをするに過ぎないのではなかろうか。自分は不安になってしまった。ふくよかな彼等の数は段々と岸に多くなって来た。そは太陽が一雲の間に入っていくらまっても出て来ないからである。空気がすこし寒くなったのであった。彼等は殆んど全部岸に上った。そしてずらりと列んだ。自分には一宝庫の虫干を見る様に感ぜられた。彼等はわが前に集まって口々に短き言葉で言い合って居る。そして彼等は形式的にがたがたと顫《ふる》えて居る。年齢は多く七八歳から十三四位までである。すべて強壮で無邪気である。美しい血紅色の皮膚は連日の太陽で爛れた末猛獣のそれの如く厚くなって居る。そして濡れて水々しく香《にお》う。ああ是は彼等の武装である。自分は彼等がかくもわが周囲に安心して休んで居る様を見てその昔の神武天皇を思い出さざるを得なかった。かの偉大なる天皇は勇ましくも極く少数の部下をひきいるのみで天地を蔽《おお》うばかりの低悪獰猛《どうもう》な敵人の中へ這入られたのである。

そして戦って遂に勝ってしまわれた。自分の国を遂にこの日本全土にまで拡げてしまわれた。恰も今自分は神武天皇ではなかろうか。そして是等の童子はそのかみ、高千穂峰下出立以来従いまいらせた小数の貴き臣下に比ぶ可きである。まったく是等はわが臣下である。そして自分は今やこの『壁の町』の中央に我と我身をもって躍り込んだのである。自分はこの町を征服せんと考える者なるか『かかる野心ありや』と、一声叫んだ。自分はこの時是等の童子の赤き垣のすきまをむしろ破壊し終らねば止まない。そしてわが是等の童子こそは、わが為に働く可き勇ましき者共なのだ。自分の胸に熱き血潮はみなぎったのである。げにわが臣下は喜戯に贈る是等美しき童子である。此赤き皮膚や無心の情熱がこの市の大人となり金属と変形せざる以前に自分は是等を用いねばなるまい。自分の武器としなければならない。そして俺は今からこの町に対する戦を始めてやろう。この『沈黙の町』の悪しき傲慢《ごうまん》を根本から転覆させて見せる。地雷火を以てくつがえして見せる。彼等の沈んだ憎む可き眼を驚ろきと恐れに吊り上らせて見せる。そうだ。この町に対する戦役は今を以て始まるのだ。大風は其時自分の心に吹き起った。血液はこの大風に乗じて体中を走りふためき滴たり溢れた。すべての神経はこの童子の如く赤裸々となった。そしてむくむくと踊り上った。自分の眼が余りに異様に輝いたかして約二十の童子は一時にわが顔を見た。自分はすべての子の顔を一時に見てとった。一様なる形一様なる容貌。その酒に於ける酒精の如き一様なる統一が自分の心を打った。ああわが兵士よ、汝等の喜戯が大戦に変ず可き時は来たのである。自分は暗に彼等に向って叫んだ『裏切りをせよ。汝の貴き裏切りを』と。

彼の心中は、忽ち軽蔑で一杯になった。而して盛んに、聞くに堪えぬ言葉で罵《ののし》り始めた。

（未完結）

鈴鹿峠の雨

平山蘆江

一

考えて見れば十五年も前の事です、私は楽しみが半分、止むを得ずが半分、一人旅で東海道を歩いて京へ上りました。四日市を早立《はやだち》で、其日《そのひ》の中《うち》に江州《ごうしゅう》へ入りたいと痛む足を踏〆《ふみし》め踏〆め歩きました。

坂へかかって、宿外《しゅくはず》れで草鞋《わらじ》を穿代《はき》えながら、小荷物の紐を結び直していますと、茶見世の婆さんが「峠へかかって降らんだら好《ええ》がなあ」といいますので、不図《ふと》空を見上げましたら、成程、今が今まで晴れていた空がドンヨリと曇って、今にもざあと来そうな様子です「何だか怪しい雲が出たね、まア降られたらそれまでさ、急ぐとしよう」と私はさっさと歩き始めました。

坂は照る照る鈴鹿《すずか》は曇る、という唄は此処《ここ》の事です、坂へかかる時晴れていたのが、此処まで来て急に曇って、曇った儘《まま》で鈴鹿を越せば、後は下り道の土山辺りで雨が降るのかも知れまい、出来る事なら峠を上り詰めてから降って貰いたいものだと思い思い、足を急がせました。

本街道でも、もう汽車が通っている世の中ですから、往来を歩いている人なんてありません、広い道を私一人で七曲りの様な処へテクテク歩きかけると、何処ともなく人の声がします。

何処で何を話していたのか、男か女か、若い者か老人か、些《ちっ》とも判りませんが、人の話声が私の頭の真上で聞えます、ずっと上を向いて見ましたが、只崖《がけ》の雑木《ぞうき》がこんもりと頭の上へ冠《かぶ》さっている許《ばか》りです、山男とかいう者が私を何とかしようと云って相談でもしているのではあるまいかと、私は迷いました、誰れか道連れが欲しいものだと思い思い私は更に足を早めました、私の足の早まるに連れて、話声は高くなって来ます、足を止めて見ると、話声も止まる、又歩き出すと又聞える、妙な事があるものだと思い思い、尚道を急ぐ中にポツリポツリと落ちて来ました、私は菅笠《すげがさ》の紐を締め直し、糸楯《いとたて》を身体に纏《まと》いつけて、やっしやっしと上りました、雨は一足毎に強くなって行く、そして山に上るに従がって深くなって行く、其《そ》れで、前の話声はいつまでもいつまでも私の耳に響きます。

二

私は不図此《こ》の話声は、私より半町許り先に上る人の声ではないかと思いました、私は足を急がせて七曲りの三つ目をぐっと曲ってみますと、果して、女と男と二人連れで話しながら行くのでした。

男は藍微塵《あいみじん》の素袷《すあわせ》に八端の三尺帯を締め、女は髪を馬の尻尾というのに結んで、弁慶の単衣《ひとえ》、黒繻子《じゅす》と茶献上の腹合せの帯を手先さがりに引かけ、裾をぐっと片端折《かたはしおり》に腰紐へ挟み、裾へ白い腰巻をだらりと見せて、二人とも跣足《はだし》で、番傘を相合傘という姿です、鈴鹿峠という上方道で迚《とて》も見かけられそうもない姿です、私は一方《ひとかた》ならず驚きました、而《しか》も、それが私の足音を聞いて、二人一緒に振返りました、女は眉毛の跡青々と、男は苦味走った顔立というのが、又私に取って頗《すこぶ》る異様に見られました、私は私の身体が一足飛びに東京近在へ引戻されているのではないかと思い迷わされながらも、足を早めて其の二人を通り越しました、そして私の足は四曲り目で曲って急な坂道を一気に上りました、二人を通り過ごすと同時に、今まで聞えた話声は聞えなくなって、只雨の音ばかりがしとしとと耳に響きます。

五曲り目を曲る時までは何の異状もなかったのですが、六曲り目を掛ろうとする時、又しても頭の上で話声がします、第二の一組が次の曲り目から上に歩いているのかと私は思いながら、六曲り目をぐるりと曲って見ますと、何《ど》うでしょう、現在今追い越した許りの二人の男女の姿が、半丁ばかり先に前の通りな形で歩いています。似た如《よう》な人もあるものだと私は思いながら、その二人を又追越そうとすると、又しても前の通りに、此の二人が私を振返りました、通り越すと同時に話声は絶えました。

七曲りを上り詰めて、鈴鹿峠の頂上にはがっしりとした昔普請《むかしぶしん》の家が二軒並んでいます、昔は嘸《さぞ》繁昌したろうと思われる茶見世ですが、此処では汁粉と名物お団子の看板が出ています、私は其家の屋根の見える頃から、又足を急がせました、漸々《ようよう》屋根を見尽し、軒が現われ、椽台《えんだい》が見える処まで上ったら、何うです、前の二人の姿が、私よりも先に上り着いていて、茶見世の椽台に腰をかけて茶を啜《すす》っているではありませんか。

三

私の足はもう此の二人を追越す勇気がありません、此の二人の腰をかけている茶屋の隣の茶見世に倒れかかる様に腰を下しました「お茶を一つ」と小娘が私に宥《すす》めました、私は之れを呼び止めて「姐《ねえ》さん、あの二人は土地の人かえ」と指さして聞きますと、小女《こおんな》は指《さ》される方を覗いて見て「あの二人て誰れです」と聞きます「隣に休んでいる二人連れさ」と云いましたら小女は「誰れも居りません」と素気《すげ》ないものです「居ない筈はない、隣の茶見世で休んでいるじゃないか、男と女二人連れでさ」と説明しながら、私はそっと隣を覗いて見ました、すると又しても意外な事には、確《たし》かに今休んでいた筈の二人が影も形も見えません、ハッと思うと、天も地も眩《まばゆ》くなりました、都合三度脅《おびや》かされた私は、もう後へも先へも歩く気がなくなりました、と云って其処へ腰をかけている事も出来ない、そこそこにして茶見世を立ちかけた、隣の家を、もう一度、覗き込んで見ましたが、矢張何の姿も見えませんでした、斯《こ》うなると、もう一刻も早く此の薄気味の悪い鈴鹿峠を越して了《しま》いたいと其ればかり思い入って、小止みもなく降り頻《しき》る雨の中を、私は一散に駈下りました、鈴鹿峠を下り切った処は、一面に杉樅《すぎもみ》の木の林のこんもりとした処です、天気の好い日でさえ暗かろうと思われる程ですから、況《ま》して雨の日の旅の道、宵闇の中を歩いているとしか思われませんでした、若《も》しこんな処であの不思議な二人に会ったら、什麼《どん》なでしたろうか、併《しか》し幸いに、もう其後は全く姿も見せず、頭の上の話声もしなくなりました、そして其日の夕方江州水口《みずくち》の町に入りました。

街道に沿った一本道をずっと通っていると、中に旧家らしい宿屋がありますので、元より路用の乏しい旅の事、こんな宿の方が手堅くてよかろうと私は其処へ一夜の宿を定めました「お世話を願います」と云いながら、椽《えん》に腰をかけて、草鞋《わらじ》を解き、出された洗足《せんそく》の盥《たらい》へ両足をすっと入れた時、表の方で、雨の音が一しきり、ザザザッと強くなりましたので、不図《ふと》見るともなしに往来を見ると驚いた、鈴鹿峠で見た相合傘の粋な二人が、傍目《わきめ》も振らずに西の方へと此の家の前を通り過ぎる処でした。私は濡れた足の儘で飛び上って、手当り次第に宿の座敷へ飛び込んで了いました。

四

「どうなされましたのかいな」と女中が呆気《あっけ》に取られながら、私に尋ねたので、私は漸《やっ》と心を落付けてから、実はこれこれと鈴鹿峠を上る時の話をしますと、女中は左程驚いた顔もせず「余程足の早い人どっしゃろ」と簡単に打消して了いました、私は合点《がってん》ゆかぬ思いをして自分の座敷へ入りました、斯《こ》うして女中の為に一口に打消されて見たり、腰を落付けても見ると、どうやら心も落付くので「取敢《とりあえ》ず一と風呂汗を流した上で御飯にしたいが」と云いましたら、女中は気の毒そうに「竈《かまど》が壊れましたので、お気の毒ですが、もう一時間も経たんと湯が湧きまへんので」と云います、仕方なしに御飯を済ませ、其日の旅日記など書き、差当りの手紙など二三本書いて、そしてゴロリとなりましたが、まだ湯が湧いたという知らせが来ません。

秋の日は例の釣瓶《つるべ》落しというので、宿へ着いた時にまだ明るかったのが、草鞋を脱ぐ中《うち》に暮れて了ったのですから、彼れ此れ九時頃でしたろう「お湯が湧きましたから」と云って来たので、浴衣《ゆかた》一つで長い廊下をずっと奥まで行って、此処と示された湯殿の扉を開けると、非常に広い湯殿でした、三間《げん》四方もあろうかと思われる板の間の真中に、三四人は悠々入れようと思われる湯槽《ゆぶね》が片付きよく出来ています、そして其湯槽の壁際に照射《てりかえ》し附きの洋燈《らんぷ》がしょぼしょぼと瞬いている上に、湯の煙が濛々《もうもう》と立昇っていますので、型の通りにどんよりとして見えます、浴衣を脱いで板の間へ一足下した時、私は何の為か、ぞっと水を浴びせられるような心持がしました、風邪でも引いたか知らと思いながら、汲んである小桶の湯をざっと身体へ浴びせて、よい心持で湯槽へずっと身体を漬けようとすると、何かは知らず、湯槽の湯に浮いている物が二つあります「何だろう」と思わず呟きながらじっと見ると、男と女の首が後ろ向きに浮いているのでした、無論私は息も止るばかりに驚いて、危なく倒れようとしましたが、必死の勇を奮って足を踏み〆め、尚一度見定めましたら、二つの首はくるりと此方《こちら》を向きました、そして「お先に」と私へ会釈をしました、首が浮いているのではなかったので、正に男と女と二人が入っていたのですから何やら安心が出来て、動悸の高まった胸を押えながら浴槽へ入って、成るたけ此の男と女の方を見ないようにしていました。

もうめっきり寒さを覚える晩秋の頃でしたから、ゆっくり温まっていたいのですが、私の心は其日一日脅《おびや》かされていますので、尻を落付ける事が出来ません、ざっと温まって板の間へ上ろうとしながら湯槽を見廻したら、現在入っていて会釈をした男と女との顔は何処にも見えませんでした「いつの間に上ったろう」と板の間を見、脱衣場を見ても影さえ見えません、可笑《おか》しな人があるものだ、それにしても余程素敏《すばし》こい人達だと思って、私は板の間で汗を流し始めました、石鹸を使いながら不図考え付くと、今の二人の顔は鈴鹿峠で逢った男女の顔に似ていたようです、ハッとして思わず声を出して、私は碌々《ろくろく》身体を流しもせず、湯を飛び出して了いました。

五

私には訳が判りません、何《ど》う云う訳であの二人に付纏《つきまと》われているのか、あの二人は私を何《どう》しようと云うのか、生きた人間か死んでるのか、思えば思う程薄気味が悪いので、私は其儘蒲団へ潜り込んで、一夜をまんじりともしませんでした、屹度《きっと》人が静まって了った時分に何事か起るのだろうと思う心が止みませんので、寝返りばかりを打っていましたが、意外にも其夜は何事もなくもう二人の姿も見えず、厭な夜《よ》はほのほのと明けました、朝飯の時に、宿の女中へ又私は湯殿の首の事を話して「一体何か訳があるのか」と聞きました、女中は初め中々云いませんでしたが、私があんまり神経を悩ましているのを見ると、仔細を話してくれました、其仔細というのは斯《こ》うです。

其頃から尚三年も前に、伊勢の桑名の博奕打《ばくちうち》が、親分の女房と人目を忍ぶ仲になって、桑名を逃げ出し、街道筋を真直ぐに此の水口まで逃げて来た事がある、丁度昨日の様に雨の降る日の事、藍微塵の着物を着た男と、小弁慶の単衣を着た女とが番傘を相合傘にして、びっしょり濡れて飛び込んだのが此の宿屋であった、秋近い頃の日の暮れ方であったので、冷え切った身体に二人とも胴慄いが止まないと云ひながら、宿へ着くなり湯槽へ飛び込んで温まったまではよかったが、それが病気の因《もと》で、男は其晩からの大熱でどっと床に付いて了った、女はそれを熱心に介抱して一日も早く治さねば、此処に此儘でいては追手のかかる心配があるというので、余程苦しんでいたが、到頭看病の甲斐もなく僅か一週間で男は息を引取って了った、女は落胆《がっかり》したが、さて何する事も出来ない、旅費と云っても漸《ようや》く五十円あるかなしだったらしいので、一週間の宿料《しゅくりょう》と医者の薬礼《やくれい》とに払って了えば、余《あと》は男の屍骸の始末をする金さえ乏しいらしいので、頭のものを女中に売らせたりして、それを補いに仏の始末をしようかと云っている処へ追手が訪ねて来た、もう絶体絶命で、女は随分張の強い様子であったにも拘らず、おろおろして了って、其夜を追手と共に明し、翌日は止むを得ず連れ戻されねばならぬと定《き》まった其の晩、人の隙を見て、湯に入る様子をして、湯殿へ台所の庖丁を持込み、美事《みごと》に咽喉《のど》を突いて死んで了ったというのです「其の幽霊はんどっしゃろ、雨の日の一人旅で東から桑名を進んで来やはるお客はんと云うたら、屹度此の二人の衆が跟《つ》いて見えはります、貴郎《あなた》はんが昨日お着きだした時にも、又かいなと思うて居りました、何にもアタはしまへん、好い人どすけど、薄気味の悪いものどすえなあ、雨の日に東から来やはる一人旅の男の人でなければ見えしまへんのやろ、私達は見た事おまへん」と女中は云い添えました。

薬草取

泉鏡花

一

日光《にっこう》掩蔽《おんぺい》　地上《ちじょう》清涼《しょうりょう》　靉靆《あいたい》垂布《すいぶ》　如可《にょか》承攬《しょうらん》
其雨《ごう》普等《ぶとう》　四方《しほう》倶下《ぐげ》　流樹《りゅうじゅ》無量《むりょう》　率土《そつど》充洽《じゅうごう》
山川《さんせん》険谷《けんこく》　幽邃《ゆうすい》所生《しょじょう》　卉木《きぼく》薬艸《やくそう》　大小《だいしょう》諸樹《しょじゅ》

「もし憚《はばかり》ながらお布施申しましょう。」

背後《うしろ》から呼ぶ優しい声に、医王山《いおうぜん》の半腹、樹木の鬱葱《うっそう》たる中を出でて、ふと夜の明けたように、空澄み、気清く、時しも夏の初《はじめ》を、秋見る昼の月の如く、前途遥《ゆくてはるか》なる高《たか》峰《ね》の上に日輪を仰いだ高坂《こうさか》は、愕然《がくぜん》として振返った。

人の声を聞き、姿を見ようとは、夢にも思わぬまで、遠く里を離れて、はや山深く入っていたのに、呼懸《よびか》けたのは女であった。けれども、高坂は一見して、直《ただち》に何ら害心のない者であることを認め得た。

女は片手拝みに、白い指尖《ゆびさき》を唇にあてて、俯向《うつむ》いて経を聞きつつ、布施をしようというのであるから、

「いや、私は出家じゃありません。」

と事もなげに辞退しながら、立停《たちどま》って、女のその雪のような耳許《みみもと》から、下膨《しもぶく》れの頬に掛けて、柔《やわらか》に、濃い浅葱《あさぎ》の紐《ひも》を結んだのが、露の朝顔の色を宿して、加賀笠《かががさ》という、縁の深いので眉を隠した、背には花籠《はなかご》、脚に脚絆《きゃはん》、身軽に扮装《いでた》ったが、艶麗《あでやか》な姿を眺めた。

彼方《かなた》は笠の下から見透《みすか》すがごとくにして、

「これは失礼なことを申しました。お姿はちっともそうらしくはございませんが、結構な御経をお読みなさいますから、私《わたくし》は、あの、御出家ではございませんでも、御《ご》修行者《しゅぎょうじゃ》でいらっしゃいましょうと存じまして。」

背広の服で、足拵《あしごしら》えして、帽を真深に、風呂敷包を小さく西行背負《さいぎょうじょい》というのにしている。彼は名を光行《みつゆき》とて、医科大学の学生である。

時に、妙法蓮華経薬草諭品《みょうほうれんげきょうやくそうゆほん》、第五偈《だいごげ》の半《なかば》を開いたのを左の掌《たなそこ》に捧げていたが、右手《めて》に支《つ》いた力杖《ステッキ》を小脇に掻上《かいあ》げ、

「そりゃまあ、修行者は修行者だが、まだ全然素人《まるで》で、どうして御布施を戴くようなものじゃない。

読方だって、何だ、大概、大学朱熹章句《しゅきしょうく》で行《ゆ》くんだから、尊い御経を勿体《もったい》ないが、この山には薬の草が多いから、気のせいかしらん。麓《ふもと》からこうやって一里ばかりも来たかと思うと、風も清々《すがすが》しい薬の香がして、何となく身に染むから、心願があって近頃から読み覚えたのを、誦《とな》えながら歩行《ある》いているんだ。」

かく打明けるのが、この際自他のためと思ったから、高坂は親しくまず語って、さて、

「姉さん、お前さんは麓の村にでも住んでいる人なんか。」

「はい、二俣村《ふたまたむら》でございます。」

「あああの、越中の蠣波《となみ》へ通う街道で、ここに来る道の岐《わか》れる、目まぐるしいほど馬の通る、あすこだね。」

「さようでございます。もう路《みち》が悪うございまして、車が通りませんものですから、炭でも薪でも、残らず馬に附けて出しますのでございます。

それにちょうどこの御山《みやま》の石の門のようになっております、戸室口《とむろぐち》から石を切出しますのを、皆《みんな》馬で運びますから、一人で五疋も曳《ひ》きますのでございますよ。」

「それではその麓から来たんだね、たった一人。……」

静《しずか》に歩を移していた高坂は、更にまた女の顔を見た。

「はい、一人でございます、そしてこちらへ参りますまで、お姿を見ましたのは、貴方《あなた》ばかりでございますよ。」

いかにもという面色《おももち》して、

「私もやっぱり、そうさ、半里ばかりも後だった、途中で年寄った樵夫《きこり》に逢って、路を聞いた外にはお前さんきり。

どうして往《い》って還るまで、人ッ子一人居ようとは思わなかった。」

この辺《あたり》ただだらかな蒼海原《あおうなばら》、沖へ出たような一面の草を眴《みまわ》しながら、

「や、ものを言っても一つ一つ谺《こだま》に響くぞ、寂しい処へ、よくお前さん一人で来たね。」

女は乳《ち》の上へ右左、幅広く引掛《ひっか》けた桃色の紐に両手を挟んで、花籃《はなかご》を揺直《ゆりなお》し、

「貴方、その樵夫の衆にお尋ねなすって可《よ》うございました。そんなに嶮《けわ》しい坂ではございませんが、ちっとも人が通いませんから、誠に知れ難《にく》いのでございます。」

「この奥の知れない山の中へ入るのに、目標《めじるし》があの石ばかりじゃ分らんではないかね。それも、南北、どちらか医王山道とでも鑿《ほ》りつけてあればまだしもだけれど、ただ

河原に転《ころが》っている、ごろた石の大きいような、その背後《うしろ》から草の下に細い道があるんだもの、ちょいと間違えようものなら、半年経歴《へめぐ》っても頂には行《ゆ》かれないと、樵夫も言ったんだが、全体何だって、そんなに秘《かく》しておく山だろう。全くあの石の裏より外に、どこも路はないのだろうか。」

「ございませんとも、この路筋さえ御存じでいらっしゃれば、世を離れました寂しさばかりで、獣《けだもの》も可恐《おそろしい》のは居《お》りませんが、一足でも間違えて御覧なさいまし、何千丈とも知れぬ谷で、行留《ゆきどま》りになりますやら、断崖《きりぎし》に突当りますやら、流《ながれ》に岩が飛びましたり、大木の倒れたので行《ゆ》く前《さき》が塞《ふさが》ったり、その間には草樹の多いほど、毒虫もむらむらして、どんなに難儀でございましょう。

旧《もと》へ帰るか、倶利伽羅《くりから》峠へ出抜けますれば、無事にどちらか国へ帰られます。それでなくって、無理に先へ参りますと、終局《しまい》には草一条《ひとすじ》も生えません焼山になって、餓死《うえじに》をするそうでございます。

本当に貴方がおっしゃいます通り、樵夫がお教え申しました石は、飛騨までも末広がりの、医王の要石《かなめいし》と申しまして、一度踏外《ふみはず》しますと、それこそ路がばらばらになってしまいますよ。」

名だたる北国《ほっこく》秘密の山、さもこそと思ったけれども、

「しかし一体、医王というほど、ここで薬草が採れるのに、なぜ世間とは隔って、行《ゆき》通《かよい》がないのだろう。」
「それは、あの承りますと、昔から御領主の御禁山《おとめやま》で、滅多に人をお入れなさらなかったせいなんでございますって。御領主ばかりでもござんせん。結構な御薬の採れます場所は、また御守護の神々仏様も、出入《ではいり》をお止め遊ばすのでございましょうと存じます。」
たとえば仙境に異霊あって、恣《ほしいまま》に人の薬草を採る事を許さずというがごとく聞えたので、これが少からず心に懸《かか》った。
「それでは何か、私なんぞが入って行って、欲《ほし》い草を取って帰っては悪いのか。」
と高坂はやや気色ばんだが、悚然《ぞっ》と肌寒くなって、思わず口の裡《うち》で、
慧雲含潤《えうんがんじゅん》　電光晃耀《でんこうこうよう》　雷声遠震《らいじょうおんしん》　令衆悦予《れいじゅえつよ》
日光掩蔽《にっこうおんぺい》　地上清涼《ちじょうしょうりょう》　靉靆垂布《あいたいすいぶ》　如可承攬《にょかしょうらん》

二

「いいえ、山さえお暴《あら》しなさいませねば、誰方《どなた》がおいでなさいましても、大事ないそ

うでございます。薬の草もあります上は、毒な草も無いことはございません。無暗《むやみ》な者が採りますと、どんな間違《まちがい》になろうも知れませんから、昔から禁札が打ってあるのでございましょう。

貴方《あなた》は、そうして御経をお読み遊ばすくらい、たといお山で日が暮れてもちっともお気遣《きづかい》な事はございますまいと存じます。」

言いかけてまた近《ちかづ》き、

「あのさようなら、貴方はお薬になる草を採りにおいでなさるのでござんすかい。」

「少々無理な願《ねがい》ですがね、身内に病人があって、とても医者の薬では治らんに極《きま》ったですから、この医王山でなくって外に無い、私が心当《こころあたり》の薬草を採りに来たんだが、何、姉さんは見懸けた処、花でも摘みに上《あが》るんですか。」

「御覧の通《とおり》、花を売りますものでござんす。二日置き、三日置に参って、お山の花を頂いては、里へ持って出て商います、ちょうど唯今《ただいま》が種々《いろいろ》な花盛《はなざかり》。

千蛇が池と申しまして、頂に海のような大《おおき》な池がございます。そしてこの山路《やまみち》はどこにも清水など流れてはおりません。その代《かわり》暑い時、咽喉《のど》が渇きますと、蒼《あお》い小《ちいさ》な花の咲きます、日蔭の草を取って、葉の汁《つゆ》を噛みますと、それはもう、冷い水を一斗ばかりも飲みましたように寒うなります。それがないと凌《しの》げませんほど、水の少い処ですから、菖蒲《あやめ》、杜若《かきつばた》、河骨《こうほね》はござんせんが、躑躅《つつじ》も山吹も、あの、牡丹《ぼたん》も芍薬《しゃくやく》も、菊の花も、桔梗《ききょう》も、女郎花《おみなえし》でも、皆《みんな》一所に開いていますよ、この六月から八月の末時分まで。その牡丹だの、芍薬だの、結構な花が取れますから、たんとお鳥目《ちょうもく》が頂けます。まあ、どんなに綺麗でございましょう。

そして貴方、お望《のぞみ》の草をお採り遊ばすお心当はどの辺でござんすえ。」

と笠ながら差覗《さしのぞ》くようにして親しく聞く、時に清《すずし》い目がちらりと見えた。

高坂は何となく、物語の中なる人を、幽境の仙家に導く牧童などに逢う思いがしたので、言《ことば》も自《おのず》から慇懃《いんぎん》に、

「私もそこへ行《ゆ》くつもりです。四季の花の一時《いっとき》に咲く、何という処でしょうな。」

「はい、美女ヶ原と申します。」

「びじょがはら?」

「あの、美しい女と書きますって。」

女は俯向《うつむ》いて羞《は》じたる色あり、物の淑《つつま》しげに微笑《ほほえ》む様子。

可懐《なつかし》さに振返ると、

「あれ。」と袖《そで》を斜《ななめ》に、袂《たもと》を取って打傾き、

「あれ、まあ、御覧なさいまし。」

その草染の左の袖に、はらはらと五片《いつひら》三片《みひら》紅《くれない》を点じたのは、山鳥の抜羽《ぬけは》か、非《あら》ず、蝶《ちょう》か、非ず、蜘蛛《くも》か、非ず、桜の花の零《こぼ》れたのである。

「どうでございましょう、この二三ヶ月の間は、どこからともなく、こうして、ちらちらちらちら絶えず散って参ります。それでもどこに桜があるか分りません。美女ヶ原へ行きますと、十里南の能登《のと》の岬、七里北に越中立山《たてやま》、背後《うしろ》に加賀が見晴せまして、もうこの節は、霞《かすみ》も霧もかかりませんのに、見紛《みまが》うようなそれらしい花の梢もござんせぬが、大方この花片《はなびら》は、煩《うるさ》い町方から逃げて来て、遊んでいるのでございましょう。それともあっちこっち山の中を何かの御使《おつかい》に歩いているのかも知れません。」

と女が高く仰ぐに連れ、高坂も葎《むぐら》の中に伸《のび》上った。草の緑が深くなって、倒《さかさま》に雲に映るか、水底《みなそこ》のような天の色、神霊秘密の気を籠《こ》めて、薄紫と見るばかり。

「その美女ヶ原までどのくらいあるね、日の暮れないうち行《ゆ》かれるでしょうか。」

「いいえ、こう桜が散って参りますから、直《じき》でございます。私もそこまで、お供いたしますが、今日こそ貴方のようなお連《つれ》がございますけれど、平時《いつも》は一人で参りますから、日一杯に里まで帰るのでございます。」

「日一杯？」と思いも寄らぬ状《さま》。

「どんなにまた遠い処のように、樵夫《きこり》がお教え申したのでござんすえ。」

「何、樵夫に聞くまでもないです。私に心覚《こころおぼえ》がちゃんとある。まずおよそ山の中を二日も三日も歩行《ある》かなけりゃならないですな。

もっとも上りは大抵どのくらいと、そりゃかねて聞いてはいるんですが、日一杯だのもう直《じき》だの、そんなに輙《たやす》く行かれる処とは思わない。

御覧なさい、こうやって、五体の満足なは謂《い》うまでもない、谷へも落ちなけりゃ、巌《いわ》にも蹟《つまず》かず、衣物《きもの》に綻《ほころび》が切れようじゃなし、生爪《なまづめ》一つ剝《はが》しやしない。

支度はして来たっても餒《ひもじ》い思いもせず、その蒼い花の咲く草を捜さなけりゃならんほど渇く思いをするでもなし、勿論この先どんな難儀に逢おうも知れんが、それだって、花を取りに里から日帰《ひがえり》をするという、姉さんと一所に行くんだ、急に日が暮れて闇になろうとも思われないが、全くこれぎりで、一足ずつ出さえすりゃ、美女ヶ原になりますか。」

「ええ、訳はございません、貴方、そんなに可恐《おそろしい》処と御存じで、その上、お薬を採りにいらしったのでございますか。」

言下《ごんか》に、

「実際命懸《いのちがけ》で来ました。」と思い入って答えると、女はしめやかに、

「それでは、よくよくの事でおあんなさいましょうねえ。

でも何もそんな難しい御山ではありません。但《ただ》ここは霊山とか申す事、酒を覆《こぼ》したり、竹の皮を打棄《うっちゃ》ったりする処ではないのでございます。まあ、難有《ありがた》いお寺の庭、お宮の境内、上《うえ》つ方《がた》の御門の内のような、歩けば石一つありませんでも、何となく謹みませんとなりませんばかりなのでございます。そして貴方は、美女ヶ原にお心覚えの草があって、そこまでお越し遊ばすに、二日も三日もお懸《かか》りなさらねばなりませんような気がすると仰有《おっしゃ》いますが、いつか一度お上り遊ばした事がございますか。」

「一度あるです。」

「まあ。」

「確《たしか》に美女ヶ原というそれでしょうな、何でも躑躅《つつじ》や椿《つばき》、菊も藤も、原一面に咲いていたと覚えています。けれども土地の名どころじゃない、方角さえ、どこが何《なん》だか全然《まるで》夢中。

今だってやっぱり、私は同一《おなじ》この国の者なんですが、その時はなぜか家を出て一月余《あまり》、山へ入って、かれこれ、何でも生れてから死ぬまでの半分は徜徉《さまよ》って、漸々《ようよう》そこを見たように思うですが。」

高坂は語りつつも、長途に苦《くるし》み、雨露に曝《さら》された当時を思い起すに付け、今も、気弱り、神《しん》疲れて、ここに深山《みやま》に塵《ちり》一つ、心に懸《かか》らぬ折ながら、猶且《なおか》つ垂々《たらたら》と背《そびら》に汗。

糸のような一条路《ひとすじみち》、背後《うしろ》へ声を運ぶのに、力を要したせいもあり、薬王品《やくおうほん》を胸に抱《いだ》き、杖を持った手に帽を脱ぐと、清き額を拭《ぬぐ》うのであった。

それと見る目も敏《さと》く、

「もし、御案内がてら、あの、私がお前《さき》へ参りましょう。どうぞ、その方がお話も承りようございますから。」

一議に及ばず、草鞋《わらじ》を上げて、道を左へ片避《かたよ》けた、足の底へ、草の根が柔《やわらか》に、葉末は脛《はぎ》を隠したが、裾《すそ》を引く荊《いばら》も無く、天地閑に、虫の羽音も聞えぬ。

三

「御免なさいまし。」

と花売は、袂《たもと》に留めた花片《はなびら》を惜《おし》やはらはら、袖《そで》を胸に引合せ、身を細くして、高坂の体を横に擦《すり》抜けたその片足も葎《むぐら》の中、路《みち》はさばかり狭いのである。

五尺ばかり前にすらりと、立直る後姿、裳《もすそ》を籠《こ》めた草の茂り、近く緑に、遠く浅葱《あさぎ》に、日の色を隈取《くまど》る他《ほか》に、一木《ぼく》のありて長く影を倒すにあらず。

背後《うしろ》から声を掛け、

「大分《だいぶん》草深くなりますな。」

「段々頂が近いんですよ。やがてこの生《はえ》が人丈《ひとだけ》になって、私の姿が見えませんようになりますと、それを潜って出ます処が、もう花の原でございます。」

と撫肩《なでかた》の優しい上へ、笠の紐弛《ひもゆる》く、紅《べに》のような唇をつけて、横顔で振向いたが、清《すず》しい目許《めもと》に笑《えみ》を浮べて、

「どうして貴方《あなた》はそんなにまあ唐天竺《からてんじく》とやらへでもお出で遊ばすように遠い処とお思いなさるのでございましょう。」

高坂は手なる杖を荒く支《つ》いて、土を騒がす事さえせず、慎んで後に続き、

「久しい以前です。一体誰でも昔の事は、遠く隔ったように思うのですから、事柄と一所に路までも遥《はるか》に考えるのかも知れません。そうしてまず皆《みんな》夢ですよ。

けれども残らず事実で。

私が以前美女ヶ原で、薬草を採ったのは、もう二十年、十年が一昔《ひとむかし》、ざっと二昔も前になるです、九歳《ここのつ》の年の夏。」

「まあ、そんなにお稚《ちいさ》い時。」

「もっとも一人じゃなかったです。さる人に連れられて来たですが、始め家を迷って出た時は、東西も弁《わきま》えぬ、取って九歳の小児《こども》ばかり。

人は高坂の光《みい》、私の名ですね、光坊が魔に捕られたのだと言いました。よくこの地で言う、あの、天狗《てんぐ》に攫《さら》われたそれです。また実際そうかも知れんが、幼心で、自分じゃ一端《いっぱし》親を思ったつもりで。

まだ両親《ふたおや》ともあったんです。母親が大病で、暑さの取附《とッつき》にはもう医者が見放したので、どうかしてそれを復《なお》したい一心で、薬を探しに来たんですな。」

高坂はしばらく黙った。

「こう言うと、何か、さも孝行の吹聴《ふいちょう》をするようで人聞《ひとぎき》が悪いですが、姉さん、貴女《あなた》ばかりだから話をする。

今でこそ、立派な医者もあり、病院も出来たけれど、どうして城下が二里四方に開けていたって、北国《ほっこく》の山の中、医者らしい医者も無い。まあまあその頃、土地第一というう先生まで匙《さじ》を投げてしまいました。打明けて、父が私たちに聞かせるわけのものじゃない。母様《おっかさん》は病気《きいきい》が悪いから、大人しくしろよ、くらいにしてあったんですが、何となく、人の出入《ではいり》、家《うち》の者の起居挙動《たちいふるまい》、大病というのは知れる。

それにその名医というのが、五十恰好《かっこう》で、天窓《あたま》の兀《は》げた癖《くせ》に髪の黒い、色の白い、ぞろりとした優形な親仁《おやじ》で、脈を取るにも、蛇の目の傘を差すにも、小指を反《そら》して、三本の指で、横笛を吹くか、女郎が煙管《きせる》を持つような手付をする、好かない奴《やつ》。

私がちょこちょこ近処だから駈出《かけだ》しては、薬取《くすりとり》に行《ゆ》くのでしたが、また薬局というのが、その先生の甥《おい》とかいう、ぺろりと長い顔の、額から紅《べに》が流れたかと思う鼻の尖《さき》の赤い男、薬箪笥《くすりだんす》の小抽斗《こひきだし》を抜いては、机の上に紙を並べて、調合をするですが、まずその匙加減が如何にも怪しい。

相応に流行《はや》って、薬取も多いから、手間取るのが焦《じれ》ったさに、始終行《ゆ》くので見覚えて、私がその抽斗を抜いて五つも六つも薬局の机に並べてやる、終《しまい》には、先方《さき》の手を待たないで、自分で調合をして持って帰りました。私のする方が、かえって目方が揃うくらい、大病だって何だって、そんな覚束《おぼつか》ない薬で快《よ》くなろうとは思えんじゃありませんか。

その頃父は小立野《こだつの》と言う処の、験《げん》のある薬師を信心で、毎日参詣《さんけい》するので、私もちょいちょい連れられて行ったです。

後《のち》は自分ばかり、乳母《うば》に手を曳《ひ》かれてお詣《まいり》をしましたッけ。別に拝みようも知らないので、ただ、母親の病気の快《よ》くなるようと、手を合せる、それも遊び半分。

六月の十五日は、私の誕生日で、その日、月代《さかやき》を剃って、湯に入ってから、紋着《もんつき》の袖の長いのを被《き》せてもらいました。

私がと言っては可笑《おかし》いでしょう。裾《すそ》模様の五ツ紋、熨斗目《のしめ》の派手な、この頃聞きゃ加賀染とかいう、菊だの、萩だの、桜だの、花束が紋になっている、時節に構わず、種々《いろいろ》の花を染交ぜてあります。もっとも今時そんな紋着を着る者はない、他国には勿論ないですね。

一体この医王山に、四季の花が一時に開く、その景勝を誇るために、加賀ばかりで染めるのだそうですな。

まあ、その紋着を着たんですね、博多に緋《ひ》の一本独鈷《どっこ》の小児《こども》帯なぞで。

坊やは綺麗になりました。母も後毛《おくれげ》を掻上《かきあ》げて、そして手水《ちょうず》を使って、乳母が背後《うしろ》から羽織らせた紋着に手を通して、胸へ水色の下じめを巻いたんだが、自分で、帯を取って〆《しめ》ようとすると、それなり力が抜けて、膝を支《つ》いたので、乳母が慌ててしっかり抱くと、直《すぐ》に天鵝絨《びろうど》の括枕《くくりまくら》に鳩尾《みぞおち》を圧《おさ》えて、その上へ胸を伏せたですよ。

産んで下すった礼を言うのに、ただ御機嫌好《よ》うとさえ言えば可《い》いと、父から言いつかって、枕頭《まくらもと》に手を支いて、そこへ。顔を上げた私と、枕に凭《もた》れながら、熟《じっ》と眺めた母と、顔が合うと、坊や、もう復《なお》るよと言って、涙をはらはら、差俯《さしうつむ》向いて弱々となったでしょう。

父が肩を抱いて、徐《そっ》と横に寝かした。乳母が、搔巻《かいまき》を被《き》せ懸けると、襟に手をかけて、向うを向いてしまいました。

台所から、中の室《ま》から、玄関あたりは、ばたばた人の行交《ゆきか》う音。もっとも帯をしめようとして、濃いお納戸《なんど》の紋着に下じめの装《なり》で倒れた時、乳母が大声で人を呼んだです。

やがて医者《せんせい》が袴《はかま》の裾を、ずるずるとやって駈け込んだ。私には戸外《おもて》へ出て遊んで来いと、乳母が言ったもんだから、庭から出たです。今も忘れない。何《なに》とも言いようのない、悲しい心細い思いがしましたな。」

花売は声細く、

「御道理《ごもっとも》でございますねえ。そして母様《おっかさん》はその後快《よ》くおなりなさいましたの。」

「お聞きなさい、それからです。

小児《こども》はせめて仏の袖に縋《すが》ろうと思ったでしょう。小立野と言うは場末です。まず小さな山くらいはある高台、草の茂った空地《あきち》沢山《だくさん》な、人通りの無い処を、その薬師堂へ参ったですが。

朝の内に月代《さかやき》、沐浴《ゆあみ》なんかして、家を出たのは正午過《ひるすぎ》だったけれども、いつ頃薬師堂へ参詣して、どこを歩いたのか、どうして寝たのか。

翌朝《あくるあさ》はその小立野から、八坂《はっさか》と言います、八段《やきだ》に黒い滝の落ちるような、真暗《まっくら》な坂を降りて、川端へ出ていた。川は、鈴見という村の入口で、流《ながれ》も急だし、瀬の色も凄いです。

橋は、雨や雪に白っちゃけて、長いのが処々、鱗《うろこ》の落ちた形に中弛《なかだる》みがして、のらのらと架《かか》っているその橋の上に茫然《ぼんやり》と。

後に考えてこそ、翌朝《あくるあさ》なんですが、その節は、夜をどこで明かしたか分らないほどですから、小児《こども》は晩方だと思いました。この医王山の頂に、真白《まっしろ》な月が出ていたから。

しかし残月であったんです。なぜかというにその日の正午頃、ずっと上流の怪しげな渡《わたし》を、綱に摑《つか》まって、宙へ釣《つる》されるようにして渡った時は、顔が赫《かっ》とする晃々《きらきら》と烈《はげし》い日当《ひあたり》。

こう言うと、何だか明方だか晩方だか、まるで夢のように聞えるけれども、渡を渡ったには全く渡ったですよ。

山路は一日がかりと覚悟をして、今度来るには麓《ふもと》で一泊したですが、昨日《きのう》ちょうど前《ぜん》の時と同《おなじ》一時刻、正午頃《ひる》です。岩も水も真白な日当の中を、あの渡を渡って見ると、二十年の昔に変らず、船着の岩も、船出の松も、確《たしか》に覚えがありました。

しかし九歳《ここのつ》で越した折は、爺《じい》さんの船頭が居て船を扱いましたっけ。

昨日はただ綱を手繰《たぐ》って、一人で越したです。乗合も何《なん》にも無い。

御存じの烈《はげ》しい流で、棹《さお》の立つ瀬は無いですから、綱は二条《ふたすじ》、染物をしんしん張《ばり》にしたように隙間《すきま》なく手懸《てがかり》が出来ている。船は小さし、胴の間《ま》へ突立《つった》って、釣下って、互違《たがいちがい》に手を掛けて、川幅三十間《けん》ばかりを小半時《こはんとき》、幾度《いくたび》もはっと思っちゃ、危《あぶな》さに自然《ひとりで》に目を塞《ふさ》ぐ。その目を開ける時、もし、あの丈の伸びた菜種の花が断崖《がけ》の巌越《いわごし》に、ばらばら見えんでは、到底《とても》この世の事とは思われなかったろうと考えます。

十里四方には人らしい者も無いように、船を纜《もや》った大木の松の幹に立札して、渡船《わたし》銭《せん》三文とある。

話は前後《あとさき》になりました。

そこで小児《こども》は、鈴見の橋に佇《たたず》んで、前方《むこう》を見ると、正面の中空《なかぞら》へ、仏の掌《てのひら》を開いたように、五本の指の並んだ形、すくすく立ったのが戸室の石山。靄《もや》か、霧か、後《うしろ》を包んで、年に二三度好《よ》く晴れた時でないと、蒼《あお》く顕《あらわ》れて見えないのが、即《すなわ》ちこの医王山です。

そこにこの山が有るくらいは、かねて聞いて、小児心《こどもごころ》にも方角を知っていた。そして迷子になったか、魔に捉《と》られたか、知れもしないのに、稚《ちいさ》な者は、暢気《のんき》じゃありませんか。

それが既に気が変になっていたからであろうも知れんが、お腹《なか》が空《す》かぬだけに一向苦にならず。壊れた竹の欄干に摑《つかま》って、月の懸《かか》った雲の中の、あれが医王山と見てい

る内に、橋板をことこと踏んで、
向《むこう》の山に、猿が三疋住みやる。中の小猿が、よう物饒舌《しゃべ》る。何と小児等《こどもども》花折りに行《ゆ》くまいか。今日の寒いに何の花折りに。牡丹《ぼたん》、芍薬《しゃくやく》、菊の花折りに。一本折っては笠に挿し、二本折っては、蓑《みの》に挿し、三枝四枝に日が暮れて……とふと唄《うた》いながら。

……

何となく心に浮んだは、ああ、向うの山から、月影に見ても色の紅《くれない》な花を採って来て、それを母親の髪に挿したら、きっと病気が復《なお》るに違いないという事です。また母は、その花を簪《かんざし》にしても似合うくらい若かったですな。」

高坂は旧来《もと》た方《かた》を顧みたが、草の外には何も無い、一歩前《ひとあしさき》へ花売の女、いかにも身に染みて聞くように、俯向《うつむ》いて行《ゆ》くのであった。

「そして確《たしか》に、それが薬師のお告《つげ》であると信じたですね。

さあ思い立っては矢も楯《たて》も堪《たま》らない、渡り懸けた橋を取って返して、堤防伝《どてづた》いに川上へ。

後でまた渡《わたし》を越えなければならない路ですがね、橋から見ると山の位置《ありか》は月の入《い》る方へ傾いて、かえってここから言うと、対岸《むこうぎし》の行留《ゆきどま》りの雲の上らしく見えますから、小児心に取って返したのがちょうど幸《さいわい》と、橋から渡場《わたしば》まで行《ゆ》く間の、あの、岩淵《いわぶち》の岩は、人を隔てる医王山の一の砦《とりで》と言っても可《い》い。戸室の石山の麓が直《すぐ》に流《ながれ》に迫る処で、累《かさな》り合った岩石だから、路はそこで切れるですものね。

岩淵をこちらに見て、大方跣足《はだし》でいたでしょう、すたすた五里も十里も辿《たど》った意《つもり》で、正午頃に着いたのが、鳴子《なるこ》の渡。」

四

「馬士《まご》にも、荷担夫《にかつぎ》にも、畑打つ人にも、三人二人ぐらいずつ、村一つ越しては川沿《かわぞい》の堤防《どて》へ出るごとに逢ったですが、皆《みんな》ただ立停《たちどま》って、じろじろ見送ったばかり、言葉を懸ける者は無かったです。これは熨斗目《のしめ》の紋着振袖《もんつきふりそで》という、田舎に珍しい異形《いぎょう》な扮装《なり》だったから、不思議な若殿、迂闊《うかつ》に物も言えないと考えたか、真昼間《まっぴるま》、狐が化けた？　とでも思ったでしょう。それとも本人逆上返《のぼせ》って、何を言われても耳に入らなかったのかも解らんですよ。

ふとその渡場《わたしば》の手前で、背後《うしろ》から始めて呼び留めた親仁《おやじ》があります。兄《にい》や、兄やと太い調子。

私は仰向《あおむ》いて見ました。

ずんぐり脊《せ》の高い、銅色《あかがねいろ》の巌乗造《がんじょうづくり》な、年配四十五六、古い単衣《ひとえ》の裾をぐいと端折《はしょ》って、赤脛《からずね》に脚絆《きゃはん》、素足に草鞋《わらじ》、かっと眩《まばゆ》いほど日が照るのに、笠は被《かぶ》らず、その菅笠《すげがさ》の紐に、桐油合羽《とうゆがっぱ》を畳んで、小さく縦に長く折ったのを結《ゆわ》えて、振分けにして肩に投げて、両提《ふたつさげ》の煙草入《たばこいれ》、大きいのをぶら提げて、どういう気か、渋団扇《しぶうちわ》で、はたはたと胸毛を煽《あお》ぎながら、てくりてくり寄って来て、何処へ行《ゆ》くだ。

御山へ花を取りに、と返事すると、ふんそれならば可《よ》し、小父《おじ》が同士に行ってやるべい。但《ただし》、この前《さき》の渡《わたし》を一つ越さねばならぬで、渡守《わたしもり》が咎立《とがめだて》をすると面倒じゃ、さあ、負《おぶ》され、と言うて背中を向けたから、合羽を跨《また》ぐ、足を向うへ取って、猿の児背負《こおんぶ》、高く肩車に乗せたですな。

その中《うち》も心の急《せ》く、山はと見ると、戸室が低くなって、この医王山が鮮明《あざやか》な深翠《ふかみどり》、肩の上から下に瞰下《みおろ》されるような気がしました。位置は変って、川の反対《むこう》の方に見えて来た、成程渡《わたし》を渡らねばなりますまい。

足を圧《おさ》えた片手を後へ、腰の両提《ふたつさげ》の中をちゃらちゃらさせて、爺様《じさま》頼んます、鎮守の祭礼《まつり》を見に、頼まれた和郎《わろ》じゃ、と言うと、船を寄せた老人《としより》の腰は、親仁《おやじ》の両提よりもふらふらして干柿のように干からびた小さな爺《じじい》。

やがて綱に摑《つか》まって、縋《すが》ると疾《はや》い事！

雀《すずめ》が鳴子を渡るよう、猿が梢を伝うよう、さらさら、さっと。」

高坂は思わず足踏《あしぶみ》をした、草の茂《しげり》がむらむらと揺《ゆら》いで、花片《はなびら》がまたもや散り来る
――二片三片《ふたひらみひら》、虚空《おおぞら》から。――

「左右へ傾く舷《ふなばた》へ、流《ながれ》が蒼《あお》く搦《から》み着いて、真白《まっしろ》に颯《さっ》と飜《ひるがえ》ると、乗った親仁も馴れたもので、小児《こども》を担いだまま仁王立《におうだち》。

真蒼《まっさお》な水底《みなそこ》へ、黒く透いて、底は知れず、目前《めさき》へ押被《おっかぶ》さった大巌《おおいわ》の肚《はら》へ、ぴたりと船が吸寄せられた。岸は可恐《おそろし》く水は深い。

巌角《いわかど》に刻《きざ》を入れて、これを足懸《あしがか》りにして、こちらの堤防《どて》へ上《あが》るんですな。昨日私が越した時は、まず第一番の危難に逢うかと、膏汗《あぶらあせ》を流して漸々《ようよう》縋《すが》り着いて上ったですが、何、その時の親仁は……平気なものです。」

高坂は莞爾《にっこり》して、

「爪尖《つまさき》を懸けると更に苦なく、負《おぶ》さった私の方がかえって目を塞《ふさ》いだばかりでした。さて、ちっと歩行《ある》かっせえと、岸で下してくれました。それからは少しずつ次第に流《ながれ》に遠ざかって、田の畦《あぜ》三つばかり横に切れると、今度は赤土の一本道、両側にちらほら松の植わっている処へ出ました。

六月の中ばとはいっても、この辺には珍しい酷《ひど》く暑い日だと思いましたが、川を渡

り切った時分から、戸室山が雲を吐いて、処々田の水へ、真黒《まっくろ》な雲が往《い》ったり、来たり。

並木の松と松との間が、どんよりして、梢が鳴る、と思うとはや大粒な雨がばらばら、立樹《たちき》を五本と越えない中《うち》に、車軸を流す烈《はげ》しい驟雨《ゆうだち》。ちょッ待て待て、と独言《ひとりごと》して、親仁が私の手を取って、そら、台なしになるから脱げと言うままにすると、帯を解いて、紋着を剝《は》いで、浅葱《あさぎ》の襟の細く掛った襦袢《じゅばん》も残らず。

小児《こども》は糸も懸けぬ全裸体《まるはだか》。

雨は浴《あび》るようだし、恐《こわ》さは恐し、ぶるぶる顫《ふる》えると、親仁が、強いぞ強いぞ、と言って、私の衣類を一丸げにして、懐中を膨らますと、紐を解いて、笠を一文字に冠《かぶ》ったです。

それから幹に立たせておいて、やがて例の桐油合羽を開いて、私の天窓《あたま》からすっぽりと目ばかり出るほど、まるで渋紙の小児の小包。

いや！　出来た、これなら海を潜っても濡れることでは無い、さあ、真直《まっすぐ》に前途《むこう》へ駈け出せ、えい、と言うて、板で打《ぶ》たれたと思った、私の臀《しり》をぴたりと一つ。

濡れた団扇《うちわ》は骨ばかりに裂けました。

怪飛《けしと》んだようになって、蹌踉《よろ》けて土砂降の中を飛出すと、くるりと合羽に包まれて、見えるは脚ばかりじゃありませんか。

赤蛙《あかがえる》が化けたわ、化けたわと、親仁が呵々《からから》と笑ったですが、もう耳も聞えず真暗《まっくら》三宝。何か黒山のような物に打付《ぶっつ》かって、斛斗《もんどり》を打って仰様《のけざま》に転ぶと、滝のような雨の中に、ひひんと馬の嘶《いなな》く声。

漸々《ようよう》人の手に扶《たす》け起されると、合羽を解いてくれたのは、五十ばかりの肥《ふと》った婆《ばあ》さん。馬士《まご》が一人腕組をして突立《つッた》っていた。門《かど》の柳の翠《みどり》から、黒駒《くろこま》の背へ雫《しずく》が流れて、はや雲切《くもぎれ》がして、その柳の梢などは薄雲の底に蒼空が動いています。

妙なものが降り込んだ。これが豆腐なら資本《もとで》入らずじゃ、それともこのまま熨斗《のし》を附けて、鎮守様へ納めさっしゃるかと、馬士は掌《てのひら》で吸殻をころころ遣《や》る。

主《ぬし》さ、どうした、と婆さんが聞くんですが、四辺《あたり》をきょときょと眴《みまわ》すばかり。

どこから出た乞食《こじき》だよ、とまた酷《ひど》いことを言います。もっとも裸体《はだか》が渋紙に包まれていたんじゃ、氏素性《うじすじょう》有ろうとは思わぬ筈《はず》。

衣物《きもの》を脱がせた親仁《おやじ》はと、ただ悔しく、来た方を眺めると、脊が小さいから馬の腹を透かして雨上りの松並木、青田の縁《へり》の用水に、白鷺《しらさぎ》の遠く飛ぶまで、畷《なわて》がずっと見渡されて、西日がほんのり紅《あか》いのに、急な大雨で往来《ゆきき》もばったり、その親仁らしい姿も見えぬ。

余《あまり》の事にしくしく泣き出すと、こりゃ餒《ひもじ》ゅうて口も利けぬな、商売品《あきないもの》で銭を嚙ませるようじゃけれど、一つ振舞うてやろかいと、汚い土間に縁台に並べた、狭ッくるしい暗い隅の、苔《こけ》の生えた桶《おけ》の中から、豆腐を半挺《はんちょう》、皺手《しわで》に白く積んで、そりゃそりゃと、頰辺《ほっぺた》の処へ突出してくれたですが、どうしてこれが食べられますか。

その癖《くせ》腹は干されたように空いていましたが、胸一杯になって、頭《かぶり》を掉《ふ》ると、はて食好《しょくのみ》をする犬の、と呟《つぶや》いて、ぶくりとまた水へ落して、これや、慈悲を享《う》けぬ餓鬼め、出て失《う》せと、私の胸へ突懸《つッか》けた皺だらけの手の黒さ、顔も漆で固めたよう。

黒婆《くろばば》どの、情無《なさけな》い事せまいと、名も成程黒婆というのか、馬士が中へ割って入《い》ると、貸《かし》を返せ、この人足めと怒鳴ったです。するとその豆腐の桶の有る後《うしろ》が、蜘蛛《くも》の巣だらけの藤棚《ふじだな》で、これを地境《じざかい》にして壁も垣も無い隣家《となり》の小家《こいえ》の、炉《ろ》の縁に、膝《ひざ》に手を置いて蹲《うずくま》っていた、十《とお》ばかりも年上らしいお媼《ばあ》さん。

見兼ねたか、縁側から摺《ず》って下り、ごつごつ転がった石塊《いしころ》を跨《また》いで、藤棚を潜《くぐ》って顔を出したが、柔和な面相《おもざし》、色が白い。

小児衆々々、私《わし》が許《とこ》へござれ、と言う。疾《はや》く白媼《しろうば》が家《うち》へ行《ゆ》かっしゃい、借《かり》が無くば、ここへ馬を繫《つな》ぐではないと、馬士は腰の胴乱に煙管《きせる》をぐっと突込《つッこ》んだ。

そこで裸体《はだか》で手を曳《ひ》かれて、土間の隅を抜けて、隣家《となり》へ連込まれる時分には、鳶《とび》が鳴いて、遠くで大勢の人声、祭礼《まつり》の太鼓が聞えました。」

高坂は打案じ、

「渡場からこちらは、一生私が忘れない処なんだね、で今度来る時も、前《さき》の世の旅を二度する気で、松一本、橋一ツも心をつけて見たんだけれども、それらしい家も無く、柳の樹も分らない。それに今じゃ、三里ばかり向うを汽車が素通りにして行くようになったから、人通《ひとどおり》もなし。大方、その馬士も、老人《としより》も、もうこの世の者じゃあるまいと思う、私は何だかその人達の、あのまま影を埋《うず》めた、ちょうどその上を、姉さん。」

花売は後姿のまま引留められたようになって停《とま》った。

「貴女《あなた》と二人で歩行《ある》いていているように思うですがね。」

「それからどう遊ばした、まあお話しなさいまし。」

と静《しずか》に前へ。高坂も徐《おもむ》ろに、

「娘が来て世話をするまで、私《わし》には衣服《きもの》を着せる才覚も無い。暑い時節じゃで、何とも無かろが、さぞ餒《ひもじ》かろうで、これでも食わっしゃれって。

囲炉裡《いろり》の灰の中に、ぶすぶすと燻《くすぶ》っていたのを、抜き出してくれたのは、串に刺した茄子《なす》の焼いたんで。

ぶくぶく樺色《かばいろ》に膨れて、湯気が立っていたです。

生豆腐の手摑《てづかみ》に比べては、勿体《もったい》ない御料理と思った。それにくれるのが優しげなお婆さん。

地《つち》が性に合うでよう出来るが、まだこの村でも初物じゃという、それを、空腹《すきばら》へ三つばかり頬張りました。熱い汁《つゆ》が下腹へ、たらたらと染みた処から、一睡《ひとねむり》して目が覚めると、きやきや痛み出して、やがて吐くやら、瀉《くだ》すやら、尾籠《びろう》なお話だが七顚八倒《しちてんはっとう》。よくも生きていられた事と、今でも思うです。しかし、もうその時は、命の親の、優しい手に抱かれていました。世にも綺麗な娘で。

人心地も無く苦しんだ目が、幽《かすか》に開《あ》いた時、初めて見た姿は、艶《つやや》かな黒髪を、男のような髷《まげ》に結んで、緋縮緬《ひぢりめん》の襦袢を片肌脱いでいました。日が経って医王山へ花を採りに、私の手を曳いて、楼《たかどの》に朱の欄干《てすり》のある、温泉宿を忍んで裏口から朝月夜に、田圃道《たんぼみち》へ出た時は、中形の浴衣に繻子《しゅす》の帯をしめて、鎌を一挺、手拭《てぬぐい》にくるんでいたです。その間に、白媼《しろうば》の内を、私を膝に抱いて出た時は、髷を唐輪《からわ》のように結って、胸には玉を飾って、ちょうど天女のような扮装《いでたち》をして、車を牛に曳かせたのに乗って、わいわいと云う群集《ぐんじゅ》の中を、通ったですが、村の者が交《かわ》る交《がわ》る高く傘を擎掛《さしか》けて練ったですね。

村端《むらはずれ》で、寺に休むと、ここで支度を替えて、多勢が口々に、御苦労、御苦労と云うのを聞棄《ききず》てに、娘は、一人の若い者に負《おんぶ》させた私にちょっと頬摺《ほおずり》をして、それから、石高路《いしだかみち》の坂を越して、賑《にぎや》かに二階屋の揃った中の、一番屋の棟の高い家へ入ったですが、私はただ幽《かすか》に呻吟《うめ》いていたばかり。もっとも白姥《しろうば》の家に三晩寝ました。その内も、娘は外へ出ては帰って来て、膝枕をさせて、始終集《たか》って来る馬蠅《うまばえ》を、払ってくれたのを、現に苦《くるし》みながら覚えています。車に乗った天女に抱かれて、多人数に囲まれて通った時、庚申堂《こんしんどう》の傍《わき》に榛《はん》の木で、半ば姿を秘《かく》して、群集を放れてすっくと立った、脊の高い親仁があって、熟《じっ》と私どもを見ていたのが、確《たしか》に衣服を脱がせた奴と見たけれども、小児《こども》はまだ口が利けないほど容体《ようだい》が悪かったんですな。

私はただその気高い艶麗《あでやか》な人を、今でも神か仏かと、思うけれど、後で考えると、まずこうだろうと、思われるのは、姥《うば》の娘で、清水谷の温泉へ、奉公に出ていたのを、祭に就いて、村の若い者が借りて来て八ヶ村九ヶ村をこれ見よと喚《わめ》いて歩行《ある》いたものでしょう。娘はふとすると、湯女《ゆな》などであったかも知れないです。」

五

「それからその人の部屋とも思われる、綺麗な小座敷へ寝かされて、目の覚める時、物の欲しい時、咽《のど》の乾く時、涙の出る時、いつもその娘が顔を見せない事は無かったです。

自分でも、もう、病気が復《なお》ったと思った晩、手を曳《ひ》いて、てらてら光る長い廊下を、湯殿へ連れて行って、一所に透通るような温泉《いでゆ》を浴びて、岩を平《たいら》にした湯槽《ゆぶね》の傍《わき》で、すっかり体を流してから、櫛《くし》を抜いて、私の髪を柔《やわらか》く梳《す》いてくれる二櫛三櫛、やがてその櫛を湯殿の岩の上から、廊下の灯《あかり》に透《すか》して、気高い横顔で、熟《じっ》と見て、ああ好《い》い事、美しい髪も抜けず、汚い虫も付かなかったと言いました。私も気がさして一所に櫛を瞶《みつ》めたが、自分の膚《はだ》も、人の体も、その時くらい清く、白く美しいのは見た事がない。

私は新しい着物を着せられ、娘は桃色の扱帯《しごき》のまま、また手を曳いて、今度は裏梯《うらばし》子《ご》から二階へ上《あが》った。その段を昇り切ると、取着《とッつき》に一室《ひとま》、新しく建増したと見えて、襖《ふすま》がない、白い床へ、月影が醱《ぱっ》と射した。両側の部屋は皆陰々と灯《ともし》を置いて、鎮《しずま》り返った夜半《よなか》の事です。

好《い》い月だこと、まあ、とそのまま手を取って床板を踏んで出ると、小窓が一つ。それにも障子が無いので、二人で覗くと、前の甍《いらか》は露が流れて、銀が溶けて走るよう。月は山の端《は》を放れて、半腹は暗いが、真珠を頂《いただ》いた峰は水が澄んだか明るいので、山は、と聞くと、医王山だと言いました。

途端にかいと狐が鳴いたから、娘はしっかと私を抱く。その胸に額を当てて、私は我知らず、わっと泣いた。

怖くは無いよ、いいえ怖いのでは無いと言って、母親の病気の次第。

こういう澄み渡った月に眺めて、その色の赤く輝く花を採って帰りたいと、始《はじめ》てこの人ならばと思って、打明けて言うと、しばらく黙って瞳を据えて、私の顔を見ていたが、月夜に色の真紅な花――きっと探しましょうと言って、――可《よ》し、可し、女の念《おもい》で、と後を言い足したですね。

翌晩《あくるばん》、夜更けて私を起しますから、もとよりこっちも目を開けて待った処、直ぐに支度をして、その時、帯をきりりと〆《し》めた、引掛《ひっかけ》に、先刻《さっき》言いましたね、刃を手拭《てぬぐい》でくるくると巻いた鎌一挺《ちょう》。

それから昨夜《ゆうべ》の、その月の射す窓から密《そっ》と出て、瓦屋根へ下りると、夕顔の葉の搦《から》んだ中へ、梯子が隠して掛けてあった。伝《つたわ》って庭へ出て、裏木戸の鍵をがらりと開けて出ると、有明月《ありあけづき》の山の裾《すそ》。

医王山は手に取るように見えたけれど、これは秘密の山の搦手《からめて》で、そこから上る道は無いですから、戸室口へ廻って、攀《よ》じ上ったものと見えます。さあ、ここからが目差す御山というまでに、辻堂で二晩寝ました。

後はどう来たか、恐い姿、凄い者の路を遮って顕《あらわ》るる度に、娘は私を背後《うしろ》に庇《かば》うて、その鎌を差翳《さしかざ》し、すっくと立つと、鎧《よろ》うた姫神のように頼母《たのも》しいにつけ、雲の消えるように路が開けてずんずんと。」

時に高坂は布を断つがごとき音を聞いて、と見ると、前へ立った、女の姿は、その肩あたりまで草隠れになったが、背後《うしろ》ざまに手を動かすに連れて、鋭《と》き鎌、磨ける玉のごとく、弓形《ゆみなり》に出没して、歩行《ある》き歩行き掬切《すくいぎり》に、刃形が上下《うえした》に動くと共に、丈《たけ》なす茅萱《ちがや》半ばから、凡《およ》そ一抱《ひとかかえ》ずつ、さっくと切れて、靡《なび》き伏して、隠れた土が歩一歩、飛々《とびとび》に顕れて、五尺三尺一尺ずつ、前途《ゆくて》に渠《かれ》を導くのである。

高坂は、悚然《ぞっ》として思わず手を挙げ、かつて婦《おんな》が我に為《な》したるごとく伏拝んで粛然とした。

その不意に立停《たちどま》ったのを、行悩《ゆきなや》んだと思ったらしい、花売は軽《かろ》く見返り、

「貴方《あなた》、もうちっとでございますよ。」

「どうぞ。」と云った高坂は今更ながら言葉さえ謹んで、

「美女ヶ原に今もその花がありましょうか。」

「どうも身に染むお話。どうぞ早く後をお聞《きか》せなさいまし、そしてその時、その花は

ござんしたか。」

「花は全く有ったんですが、いつもそうやって美女ヶ原へお出《いで》の事だから、御存じはないでしょうか。」

「参りましたら、その姉さんがなすったように、一所にお探し申しましょう。」

「それでも私は月の出るのを待ちますつもり。その花籠《はなかご》にさえ一杯になったら、貴女《あなた》は日一杯に帰るでしょう。」

「いいえ、いつも一人で往復《ゆきかえり》します時は、馴れて何とも思いませんでございましたけれども、なまじお連《つれ》が出来て見ますと、もう寂しくって一人では帰られませんから、御一所にお帰りまでお待ち申しましょう。その代《かわり》どうぞ花籠の方はお手伝い下さいまし な。」

「そりゃ、云うまでもありません。」

「そしてまあ、どんな処にございましたえ。」

「それこそ夢のようだと、云うのだろうと思います。路すがら、そうやって、影のような障碍《しょうがい》に出遇《であ》って、今にも娘が血に染まって、私は取って殺さりょうと、幾度《いくたび》思ったか解りませんが、黄昏《たそがれ》と思う時、その美女ヶ原というのでしょう。およそ八町四方ばかりの間、扇の地紙のような形に、空にも下にも充満《いっぱい》の花です。

そのまま二人で跪《ひざまず》いて、娘がするように手を合せておりました。月が出ると、余り容易《たやす》い。つい目の前の芍薬の花の中に花片《はなびら》の形が変って、真紅《まっか》なのがただ一輪。採って前髪に押頂いた時、私の頭《つむり》を撫でながら、余《あまり》の嬉しさ、娘ははらはらと落涙して、もう死ぬまで、この心を忘れてはなりませんと、私の頭に挿させようとしましたけれども、髪は結んでないのですから、そこで娘が、自分の黒髪に挿しました。人の簪《かんざし》の花になっても、月影に色は真紅《しんく》だったです。

母様《おっかさん》の御大病、一刻も早くと、直《すぐ》に、美女ヶ原を後にしました。

引返す時は、苦も無く、すらすらと下りられて、早や暁の鶏《とり》の声。

嬉しや人里も近いと思う、月が落ちて明方の闇を、向うから、どやどやと四五人連《づれ》、松明《たいまつ》を挙げて近寄った。人可懐《ひとなつか》しくいそいそ寄ると、いずれも屈竟《くっきょう》な荒漢《あらおのこ》で。中《うち》に一人、見た事の有る顔と、思い出した。黒婆《くろばば》が家に馬を繋いだ馬士《まご》で、その馬士、二人の姿を見ると、遁《に》がすなと突然《いきなり》、私を小脇に引抱《ひっかか》える、残った奴が三人四人で、ええ！　と云う娘を手取足取。

どこをどう、どの方角をどのくらい駈けたかまるで夢中です。

やがて気が付くと、娘と二人で、大《おおき》な座敷の片隅に、馬士交《まじ》り七八人に取巻かれて坐《すわ》っていました。

何百年か解らない古襖《ふるぶすま》の正面、板の間のような床を背負《しょ》って、大胡坐《おおあぐら》で控えたのは、何と、鳴子の渡《わたし》を仁王立《におうだち》で越した抜群なその親仁《おやじ》で。

恍惚《うっとり》した小児《こども》の顔を見ると、過日《いつか》の四季の花染の袷《あわせ》を、ひたりと目の前へ投げて寄越《よこ》して、大口を開いて笑った。

や、二人とも気に入った、坊主は児《こ》になれ、女はその母《おっか》になれ、そしていつまでも娑婆《しゃば》へ帰るな、と言ったんです。

娘は乱髪になって、その花を持ったまま、膝に手を置いて、首垂《うなだ》れて黙っていた。その返事を聞く手段で有ったと見えて、私は二晩、土間の上へ、可恐《おそろし》い高い屋根裏に釣った、駕籠《かご》の中へ入れて釣《つる》されたんです。紙に乗せて、握飯を突込《つっこ》んでくれたけれど、それが食べられるもんですか。

垂《たれ》から透《すか》して、土間へ焚火《たきび》をしたのに雪のような顔を照らされて、娘が縛られていたのを見ましたが、それなり目が眩《くら》んでしまったです。どんと駕籠が土間に下りた時、中から五六疋鼠がちょろちょろと駈出《かけだ》したが、代《かわり》に娘が入って来ました。

薫《かおり》の高い薬を噛んで口移しに含められて、膝に抱かれたから、一生懸命にしっかり縋《すが》り着くと、背中へ廻った手が空《くう》を撫でるようで、娘は空蟬《うつせみ》の殻かと見えて、たった二晩がほどに、糸のように瘠《や》せたです。

もうお目に懸《かか》られぬ、あの花染のお小袖《こそで》は記念《かたみ》に私に下さいまし。しかし義理が有りますから、必ずこんな処に隠家が有ると、町へ帰っても言うのではありません、と蒼白い顔して言い聞かす中《うち》に、駕籠が舁《か》かれて、うとうとと十四五町。

奥様、ここまで、と声がして、駕籠が下りると、一人手を取って私を外へ出しました。

左右《ひだりみぎ》に土下座して、手を支《つ》いていた中に馬士も居た。一人が背中に私を負《おぶ》うと、娘は駕籠から出て見送ったが、顔に袖を当てて、長柄《ながえ》にはッと泣伏《なきふ》しました。それッきり。」

高坂は声も曇って、

「私を負った男は、村を離れ、川を越して、遥《はるか》に鈴見の橋の袂《たもと》に差置いて帰りましたが、この男は唖《おうし》と見えて、長い途《みち》に一言も物を言やしません。

私は死んだ者が蘇生《よみがえ》ったようになって、家《うち》へ帰りましたが、ちょうど全《まる》三月経ったです。

花を枕頭《まくらもと》に差置くと、その時も絶え入っていた母は、呼吸《いき》を返して、それから日増《ひまし》に快《よ》くなって、五年経ってから亡くなりました。魔隠《まかくし》に逢った小児《こども》が帰った喜びのために、一旦《いったん》本復をしたのだという人も有りますが、私は、その娘の取ってくれた薬草の功徳だと思うです。

それに就けても、恩人は、と思う。娘は山賊に捕われた事を、小児心にも知っていたけれども、堅く言付けられて帰ったから、その頃三ヶ国横行の大賊《たいぞく》が、つい私どもの隣の家《うち》へ入った時も、何《なんに》も言わないで黙っていました。

けれども、それから足が附いて、二俣《ふたまた》の奥、戸室の麓《ふもと》、岩で城を築《つ》いた山寺に、兇《きょう》賊籠《ぞくこも》ると知れて、まだ邏卒《らそつ》といった時分、捕方が多人数、隠家を取巻いた時、表門の真只中《まっただなか》へ、その親仁《おやじ》だと言います、六尺一つの丸裸体《まるはだか》、脚絆《きゃはん》を堅く、草鞋《わらじ》を引〆《ひきし》め、背中へ十文字に引背負《ひっしょ》った、四季の花染の熨斗目《のしめ》の紋着《もんつき》、振袖《ふりそで》が颯《さっ》と山颪《やまおろし》に縺《もつ》れる中に、女の黒髪がはらはらと零《こぼ》れていた。

手に一条大身《ひとすじおおみ》の槍を提《ひっさ》げて、背負《しょ》った女房が死骸《しがい》でなくば、死人の山を築く筈《はず》、無理に手活《ていけ》の花にした、申訳の葬《とむらい》に、医王山の美女ヶ原、花の中に埋《うず》めて帰る。汝等《うぬら》見送っても命が無いぞと、近寄ったのを五六人、蹴《け》散らして、ぱっと退《ひ》く中を、つと抜けると、岩を飛び、岩を飛んで、やがて槍を杖《つ》いて岩角に隠れて、それなりけりというので、さてはと、それからは私がその娘に出逢う門出《かどで》だった誕生日に、鈴見の橋の上まで来ては、こちらを拝んで帰り帰りしたですが、母が亡《なく》なりました翌年から、東京へ修行に参って、国へ帰ったのはやっと昨年。始終望んでいましたこの山へ、後を尋ねて上る事が、物に取紛れている中《うち》に、申訳も無い飛んだ身勝手な。またその薬を頂かねばならないようになったです。以前はそれがために類《たぐい》少い女を一人、犠《いけにえ》にしたくらいですから、今度は自分がどんな辛苦も決して厭《いと》わない。いかにもしてその花が欲しいですが。」

言う中《うち》に胸が迫って、涙を湛《たた》えたためばかりで無い。ふと、心付くと消えたように女の姿が見えないのは、草が深くなったせいであった。

丈より高い茅萱《ちがや》を潜《くぐ》って、肩で掻分《かきわ》け、頭《つむり》で避《よ》けつつ、見えない人に、物言い懸ける術《すべ》も無いので、高坂は御経を取って押戴き、

山川険谷《さんせんけんこく》　幽邃所生《ゆうすいしょしょう》　卉木薬艸《きぼくやくそう》　大小諸樹《だいしょうしょじゅ》
百穀苗稼《ひゃっこくびょうが》　甘庶葡萄《かんしょぶどう》　雨之所潤《うししょじゅん》　無不豊足《むふぶそく》
乾地普洽《かんちぶごう》　薬木並茂《やくぼくひょうも》　其雲所出《ごうんしょしゅつ》　一味之水《いちみしすい》

葎《むぐら》の中に日が射して、経巻に、蒼く月かと思う草の影が映ったが、見つつ進む内に、ちらちらと紅《くれない》来り、黄来り、紫去り、白過ぎて、蝶《ちょう》の戯るる風情して、偈《げ》に斑々と印したのは、はや咲交《さきまじ》る四季の花。

忽然《こつねん》として天開け、身は雲に包まれて、妙《たえ》なる薫《かおり》袖を蔽《おお》い、と見ると堆《うずたか》き雪のごとく、真白き中に紅ちらめき、瞶《みつ》むる瞳に緑映じて、颯《さつ》と分れて、一つ一つ、花片《はなびら》とな

り、葉となって、美女ヶ原の花は高坂の袂に匂い、胸に咲いた。

花売は籠《かご》を下《おろ》して、立休《たちやす》ろうていた。笠を脱いで、襟脚長く玉を伸べて、瑩沢《つややか》なる黒髪を高く結んだのに、いつの間にか一輪の小《ちいさ》な花を簪《かざ》していた、褄《つま》はずれ、袂の端、大輪の菊の色白き中に佇《たたず》んで、高坂を待って、莞爾《にっこ》と笑む、美しく気高き面《おも》ざし、威《い》ある瞳に屹《きっ》と射られて、今物語った人とも覚えず、はっと思うと学生は、既に身を忘れ、名を忘れて、ただ九ツばかりの稚児《おさなご》になった思いであった。

「さあ、お話に紛れて遅く来ましたから、もうお月様が見えましょう。それまでにどうぞ手伝って花籠に摘んで下さいまし。」

と男を頼るように言われたけれども、高坂はかえって唯々《いい》として、あたかも神に事《つか》うるがごとく、左に菊を折り、右に牡丹《ぼたん》を折り、前に桔梗《ききょう》を摘み、後に朝顔を手繰《たぐ》って、再び、鈴見の橋、鳴子の渡《わたし》、畷《なわて》の夕立、黒婆《くろばば》の生豆腐、白姥《しろうば》の焼茄子《やきなすび》、牛車《うしぐるま》の天女、湯宿の月、山路の利鎌《とがま》、賊の住家、戸室口の別《わかれ》を繰返して語りつつ、やがて一巡した時、花籠は美しく満たされたのである。

すると籠は、花ながら花の中に埋もれて消えた。

月影が射したから、伏拝んで、心を籠《こ》めて、透かし透かし見たけれども、眴《みまわ》したけれども、見遣《みや》ったけれども、ものの薫《かおり》に形あって仄《ほのか》に幻かと見ゆるばかり、雲も雪も紫も偏《ひとえ》に夜の色に紛るるのみ。

殆《ほとん》ど絶望して倒れようとした時、思い懸けず見ると、肩を並べて斉《ひと》しく手を合せてすらりと立った、その黒髪の花ただ一輪、紅《くれない》なりけり月の光に。

高坂がその足許《あしもと》に平伏《ひれふ》したのは言うまでもなかった。

その時肩を落して、美女《たおやめ》が手を取ると、取られて膝をずらして縋《すが》着いて、その帯のあたりに面《おもて》を上げたのを、月を浴びて﨟長《ろうた》けた、優しい顔で熟《じっ》と見て、少し頬を傾けると、髪がそちらへはらはらとなるのを、密《そ》と押える手に、簪《かざし》を抜いて、戦《わなな》く医学生の襟に挟んで、恍惚《うっとり》したが、瞳が動き、

「ああ、お可懐《なつかし》い。思うお方の御病気はきっとそれで治ります。」

あわれ、高坂がしっかと留めた手は徒《いたずら》に茎を摑んで、袂《たもと》は空に、美女ヶ原は咲満ちたまま、ゆらゆらと前へ出たように覚えて、人の姿は遠くなった。

立って追おうとすると、岩に牡丹の咲重《さきかさな》って、白き象の大《おおい》なる頭《かしら》のごとき頂へ、雲に入《い》るよう衝《つ》と立った時、一度その鮮明《あざやか》な眉が見えたが、月に風なき野となんぬ。

高坂は撐《どう》と坐した。

かくて胸なる紅《くれない》の一輪を栞《しおり》に、傍《かたわら》の芍薬の花、方一尺なるに経を据えて、合掌して、薬王品《やくおうほん》を夜もすがら。

魚服記

太宰治

一

本州の北端の山脈は、ぼんじゅ山脈というのである。せいぜい三四百米《メートル》ほどの丘陵が起伏しているのであるから、ふつうの地図には載っていない。むかし、このへん一帯はひろびろした海であったそうで、義経《よしつね》が家来たちを連れて北へ北へと亡命して行って、はるか蝦夷《えぞ》の土地へ渡ろうとここを船でとおったということである。そのとき、彼等の船が此《こ》の山脈へ衝突した。突きあたった跡がいまでも残っている。山脈のまんなかごろのこんもりした小山の中腹にそれがある。約一畝歩《せぶ》ぐらいの赤土の崖《がけ》がそれなのであった。

小山は馬禿山《まはげやま》と呼ばれている。ふもとの村から崖を眺めるとはしっている馬の姿に似ているからと言うのであるが、事実は老いぼれた人の横顔に似ていた。

馬禿山はその山の陰の景色がいいから、いっそう此の地方で名高いのである。麓《ふもと》の村は戸数もわずか二三十でほんの寒村であるが、その村はずれを流れている川を二里ばかりさかのぼると馬禿山の裏へ出て、そこには十丈ちかくの滝がしろく落ちている。夏の末から秋にかけて山の木々が非常によく紅葉するし、そんな季節には近辺のまちから遊びに来る人たちで山もすこしにぎわうのであった。滝の下には、ささやかな茶店さえ立つのである。

ことしの夏の終りごろ、此の滝で死んだ人がある。故意に飛び込んだのではなくて、まったくの過失からであった。植物の採集をしにこの滝へ来た色の白い都の学生である。このあたりには珍らしい羊歯《しだ》類が多くて、そんな採集家がしばしば訪れるのだ。

滝壺は三方が高い絶壁で、西側の一面だけが狭くひらいて、そこから谷川が岩を嚙みつつ流れ出ていた。絶壁は滝のしぶきでいつも濡れていた。羊歯類は此の絶壁のあちこちにも生えていて、滝のとどろきにしじゅうぶるぶるとそよいでいるのであった。

学生はこの絶壁によじのぼった。ひるすぎのことであったが、初秋の日ざしはまだ絶壁の頂上に明るく残っていた。学生が、絶壁のなかばに到達したとき、足だまりにしていた頭ほどの石ころがもろくも崩れた。崖から剝《は》ぎ取られたようにすっと落ちた。途中で絶壁の老樹の枝にひっかかった。枝が折れた。すさまじい音をたてて淵へたたきこまれた。

滝の附近に居合せた四五人がそれを目撃した。しかし、淵のそばの茶店にいる十五になる女の子が一番はっきりとそれを見た。

いちど、滝壺ふかく沈められて、それから、すらっと上半身が水面から躍りあがった。眼をつぶって口を小さくあけていた。青色のシャツのところどころが破れて、採集かばんはまだ肩にかかっていた。

それきりまたぐっと水底へ引きずりこまれたのである。

二

春の土用から秋の土用にかけて天気のいい日だと、馬禿山から白い煙の幾筋も昇っているのが、ずいぶん遠くからでも眺められる。この時分の山の木には精気が多くて炭をこさえるのに適しているから、炭を焼く人達も忙しいのである。

馬禿山には炭焼小屋が十いくつある。滝の傍にもひとつあった。此の小屋は他の小屋と余程はなれて建てられていた。小屋の人がちがう土地のものであったからである。茶店の女の子はその小屋の娘であって、スワという名前である。父親とふたりで年中そこへ寝起《ねおき》しているのであった。

スワが十三の時、父親は滝壺のわきに丸太とよしずで小さい茶店をこしらえた。ラムネと塩せんべいと水無飴とそのほか二三種の駄菓子をそこへ並べた。

夏近くなって山へ遊びに来る人がぼつぼつ見え初めるじぶんになると、父親は毎朝その品物を手籠へ入れて茶店迄はこんだ。スワは父親のあとからはだしでぱたぱたついて行った。父親はすぐ炭小屋へ帰ってゆくが、スワは一人いのこって店番するのであった。遊山《ゆさん》の人影がちらとでも見えると、やすんで行きせえ、と大声で呼びかけるのだ。父親がそう言えと申しつけたからである。しかし、スワのそんな美しい声も滝の大きな音に消されて、たいていは、客を振りかえさすことさえ出来なかった。一日五十銭と売りあげることがなかったのである。

黄昏時《たそがれどき》になると父親は炭小屋から、からだ中を真黒にしてスワを迎えに来た。

「なんぼ売れた。」

「なんも。」

「そだべ、そだべ。」

父親はなんでもなさそうに呟《つぶや》きながら滝を見上げるのだ。それから二人して店の品物をまた手籠へしまい込んで、炭小屋へひきあげる。

そんな日課が霜のおりるころまでつづくのである。

スワを茶店にひとり置いても心配はなかった。山に生れた鬼子であるから、岩根を踏みはずしたり滝壺へ吸いこまれたりする気づかいがないのであった。天気が良いとスワは裸身になって滝壺のすぐ近くまで泳いで行った。泳ぎながらも客らしい人を見つけると、あかちゃけた短い髪を元気よくかきあげてから、やすんで行きせえ、と叫んだ。

雨の日には、茶店の隅でむしろをかぶって昼寝をした。茶店の上には樫《かし》の大木がしげった枝をさしのべていていい雨よけになった。

つまりそれまでのスワは、どうどうと落ちる滝を眺めては、こんなに沢山水が落ちてはいつかきっとなくなって了《しま》うにちがいない、と期待したり、滝の形はどうしてこういつも同じなのだろう、といぶかしがったりしていたものであった。

それがこのごろになって、すこし思案ぶかくなったのである。

滝の形はけっして同じでないということを見つけた。しぶきのはねる模様でも、滝の幅でも、眼まぐるしく変っているのがわかった。果ては、滝は水でない、雲なのだ、ということも知った。滝口から落ちると白くもくもくふくれ上る案配からでもそれと察しられた。だいいち水がこんなにまでしろくなる訳はない、と思ったのである。

スワはその日もぼんやり滝壺のかたわらに佇《たたず》んでいた。曇った日で秋風が可成りいたくスワの赤い頬を吹きさらしているのだ。

むかしのことを思い出していたのである。いつか父親がスワを抱いて炭窯《すみがま》の番をしながら語ってくれたが、それは、三郎と八郎というきこりの兄弟があって、弟の八郎が或る日、谷川でやまべというさかなを取って家へ持って来たが、兄の三郎がまだ山からかえらぬうちに、其のさかなをまず一匹焼いてたべた。食ってみるとおいしかった。二匹三匹とたべてもやめられないで、とうとうみんな食ってしまった。そうするとのどが乾いて乾いてたまらなくなった。井戸の水をすっかりのんで了って、村はずれの川端へ走って行って、又水をのんだ。のんでるうちに、体中へぶつぶつと鱗《うろこ》が吹き出た。三郎があとからかけつけた時には、八郎はおそろしい大蛇になって川を泳いでいた。八郎やあ、と呼ぶと、川の中から大蛇が涙をこぼして、三郎やあ、とこたえた。兄は堤の上から弟は川の中から、八郎やあ、三郎やあ、と泣き泣き呼び合ったけれど、どうする事も出来なかったのである。

スワがこの物語を聞いた時には、あわれであわれで父親の炭の粉だらけの指を小さな口におしこんで泣いた。

スワは追憶からさめて、不審げに眼をぱちぱちさせた。滝がささやくのである。八郎やあ、三郎やあ、八郎やあ。

父親が絶壁の紅い蔦《つた》の葉を掻きわけながら出て来た。

「スワ、なんぼ売れた。」

スワは答えなかった。しぶきにぬれてきらきら光っている鼻先を強くこすった。父親はだまって店を片づけた。

炭小屋までの三町程の山道を、スワと父親は熊笹を踏みわけつつ歩いた。

「もう店しまうべえ。」

父親は手籠を右手から左手へ持ちかえた。ラムネの瓶がからから鳴った。

「秋土用すぎで山さ来る奴もねえべ。」

日が暮れかけると山は風の音ばかりだった。楢《なら》や樅《もみ》の枯葉が折々みぞれのように二人のからだへ降りかかった。

「お父《ど》。」

スワは父親のうしろから声をかけた。

「おめえ、なにしに生きでるば。」

父親は大きい肩をぎくっとすぼめた。スワのきびしい顔をしげしげ見てから呟いた。

「判らねじゃ。」

スワは手にしていたすすきの葉を嚙みさきながら言った。

「くたばった方あ、いいんだに。」

父親は平手をあげた。ぶちのめそうと思ったのである。しかし、もじもじと手をおろした。スワの気が立って来たのをとうから見抜いていたが、それもスワがそろそろ一人前のおんなになったからだな、と考えてそのときは堪忍《かんにん》してやったのであった。

「そだべな、そだべな。」

スワは、そういう父親のかかりくさのない返事が馬鹿くさくて馬鹿くさくて、すすきの葉をべっべっと吐き出しつつ、

「阿呆、阿呆。」

と呶鳴《どな》った。

三

ぼんが過ぎて茶店をたたんでからスワのいちばんいやな季節がはじまるのである。

父親はこのころから四五日置きに炭を背負って村へ売りに出た。人をたのめばいいのだけれど、そうすると十五銭も二十銭も取られてたいしたついえであるから、スワ

ひとりを残してふもとの村へおりて行くのであった。

スワは空の青くはれた日だとその留守に蕈《きのこ》をさがしに出かけるのである。父親のこさえる炭は一俵で五六銭も儲けがあればいい方だったし、とてもそれだけではくらせないから、父親はスワに蕈を取らせて村へ持って行くことにしていた。

なめこというぬらぬらした豆きのこは大変ねだんがよかった。それは羊歯類の密生している腐木へかたまってはえているのだ。スワはそんな苔《こけ》を眺めるごとに、たった一人のともだちのことを追想した。蕈のいっぱいつまった籠の上へ青い苔をふりまいて、小屋へ持って帰るのが好きであった。

父親は炭でも蕈でもそれがいい値で売れると、きまって酒くさいいきをしてかえった。たまにはスワへも鏡のついた紙の財布やなにかを買って来て呉れた。

凩《こがらし》のために朝から山があれて小屋のかけむしろがにぶくゆすられていた日であった。父親は早暁から村へ下りて行ったのである。

スワは一日じゅう小屋へこもっていた。めずらしくきょうは髪をゆってみたのである。ぐるぐる巻いた髪の根へ、父親の土産《みやげ》の浪模様がついたたけながをむすんだ。それから焚火《たきび》をうんと燃やして父親の帰るのを待った。木々のさわぐ音にまじってけだものの叫び声が幾度もきこえた。

日が暮れかけて来たのでひとりで夕飯を食った。くろいめしに焼いた味噌をかてて食った。

夜になると風がやんでしんしんと寒くなった。こんな妙に静かな晩には山できっと不思議が起るのである。天狗《てんぐ》の大木を伐《き》り倒す音がめりめりと聞えたり、小屋の口あたりで、誰かのあずきをとぐ気配がさくさくと耳についたり、遠いところから山人《やもうど》の笑い声がはっきり響いて来たりするのであった。

父親を待ちわびたスワは、わらぶとん着て炉ばたへ寝てしまった。うとうと眠っていると、ときどきそっと入口のむしろをあけて覗き見するものがあるのだ。山人が覗いているのだ、と思って、じっと眠ったふりをしていた。

白いもののちらちら入口の土間へ舞いこんで来るのが燃えのこりの焚火のあかりでおぼろに見えた。初雪だ！　と夢心地ながらうきうきした。

疼痛《とうつう》。からだがしびれるほど重かった。ついであのくさい呼吸を聞いた。

「阿呆。」

スワは短く叫んだ。

ものもわからず外へはしって出た。

吹雪！　それがどっと顔をぶった。思わずめためた坐って了った。みるみる髪も着物もまっしろになった。

スワは起きあがって肩であらく息をしながら、むしむし歩き出した。着物が烈風で揉みくちゃにされていた。どこまでも歩いた。

滝の音がだんだんと大きく聞えて来た。ずんずん歩いた。てのひらで水洟《みずばな》を何度も拭《ぬぐ》った。ほとんど足の真下で滝の音がした。

狂い唸《うな》る冬木立の、細いすきまから、

「おど！」

とひくく言って飛び込んだ。

四

気がつくとあたりは薄暗いのだ。滝の轟《とどろ》きが幽《かす》かに感じられた。ずっと頭の上でそれを感じたのである。からだがその響きにつれてゆらゆら動いて、みうちが骨まで冷たかった。

ははあ水の底だな、とわかると、やたらむしょうにすっきりした。さっぱりした。

ふと、両脚をのばしたら、すすと前へ音もなく進んだ。鼻がしらがあやうく岸の岩角へぶっつかろうとした。

大蛇！

大蛇になってしまったのだと思った。うれしいな、もう小屋へ帰れないのだ、とひとりごとを言って口ひげを大きくうごかした。

小さな鮒《ふな》であったのである。ただ口をぱくぱくとやって鼻さきの疣《いぼ》をうごめかしただけのことであったのに。

鮒は滝壺のちかくの淵をあちこちと泳ぎまわった。胸鰭《むなびれ》をぴらぴらさせて水面へ浮んで来たかと思うと、つと尾鰭をつよく振って底深くもぐりこんだ。

水のなかの小えびを追っかけたり、岸辺の葦《あし》のしげみに隠れて見たり、岩角の苔をすすったりして遊んでいた。

それから鮒はじっとうごかなくなった。時折、胸鰭をこまかくそよがせるだけである。なにか考えているらしかった。しばらくそうしていた。

やがてからだをくねらせながらまっすぐに滝壺へむかって行った。たちまち、くるくると木の葉のように吸いこまれた。

夢の日記から

中勘助

恋人はつれなくも私をすてた。私は泣いて泣いて両眼を泣きつぶしてしまった。眼はまだかすかに見えるようだけれど瞼《まぶた》がふさがってしまってどうしてもあくことはできない。私はもの狂おしく涙にむせびながら堪えがたい思いを悲しみの調べによせる。胸に漲《みなぎ》る思いは潮のごとくまた奔流のごとくに湧いて迸《ほとばし》る。とはいえこのあわれなものになんの琴や笛があろうか。私の楽器は桜色の形のよい貝のような拇指《おやゆび》の爪と歯ばかりである。私はそれらを磨りあわせて悲しい音を出すのであった。私のまえには大勢の人が集ってきいている様子である。私はふさがった眼をあこうあこうとしてほんのすこしばかりあくような気のする瞼の下から彼等を見ようとするけれどちっとも見えない。悲しい悲しい思いを鳴らす。そしてなおなお悲しさに堪えなくなってしまう。私は人々を押しわけて行こうとするのを誰かが遮《さえぎ》って行かせまいとする。私は瞼のあいだからやっとその女（それは女であった）の髱《たぼ》のへんだけを見ることが出来た。女は恋人を後ろにかくして私に行きあわせまいとするのだと思う。恋人は人々のなかにまぎれてこっそりと人の調べをきいているのであった。私は女を押しのけて盲滅法《めくらめっぽう》につき進みながら、その後ろに立っている恋人と思う人をどうぞして見よう見ようとあせって眼をあこうあこうとするうちにやっとのことでちらりとその絹糸の網のような鬢《びん》のへんを見ることが出来た――がそれと同時に私の眼はまったく見えなくなってしまった。とはいえどうしてそれを見のがそうか。それは確かに恋人の鬢であった。柔《やわらか》い髪が絹糸の網のようになっている。私はそれを忘れはしない。私は寄り添うようにして心をこめてしらべた。すてられた者のあやしい悲しみの曲を。……そしてどうぞしてひと目なりと見ようとしたが嬉しいことにその時また眼がすこしあいた。恋人であった。彼女は散々に泣いている。私の眼はすぐまたしいてしまったけれど、胸は恨みと悲しみに裂けそうであったけれど、涙は絶えまなく頰を流れたけれど、それでも私は幸福であった。恋人はまったく私をすててしまいはしなかった。彼女は憐んでいる。そして私のために泣いてくれた。このうえなにを望むことが出来ようか。その時私は自分の掌《てのひら》に恋人の掌のふれるのをおぼえてそれをしっかりと握りしめた。……どうしたのであろう。彼女は振りはなして行ってしまおうとする。眼が見えない。彼女が間近《まぢか》にいることを感ずるけれどそばへ行くことが出来ない。私は狂気のように邪魔になるものを押しのけ突きのけして独りでどこかへ行こうとした。その時また私の眼はほのかに間近に立ってじっとこちらを見ている恋人の姿を見出した、浅ましいこの姿を。

どこかの山の中腹にあるわずかの平地、そこには土のけはすこしもなく一面に露出した灰色の石のここかしこにひからびた羊歯《しだ》類がへばりついていたように思う。……その女に教わって細い路《みち》を里のほうへ足ばやにおりはじめたときに女はさも力なく

「私をすてて行ってしまうのだ」

と独り言みたいにいって恨んだ。今はその顔かたちをほとんど覚えていないけれどそれは落ちついた三十ぐらいの醜《みにく》くはないほどの女だったと思う。はやくそこをはなれようと足をはやめて駈け降りる後ろに女が「じぶんをすてて行ってしまうのだ」という意味の唄をさも絶望したらしい調子で高くややもの狂わしく歌うのがきこえる。もう日も暮れる頃であった。夜は一足一足に近よってくる。私はたまらなく恐ろしい傷ましい気持になってただ一散に駈け降りてゆく。路は緩慢な傾斜をした山の裾をうねうねと廻っている。唄は次第次第に狂乱の叫び声になってきた。

「すててゆくつもりなのだ。すててゆくつもりなのだ」と叫びながら跡を追ってくる。

その声が身にしみて傷ましくまた恐ろしい。一生懸命に走るけれど声はだんだんと近づいてくる。夜になった。とても逃げおおすことは出来ないと思って路ばたの桑畑のなかへつっぷしてしまった。そんな処《とこ》に身を隠すことの出来ないのは知れてるけれど女はもうじきそこまで来たらしいので。女は風のように走って来た。そっと顔をあげて見たらもはや人間ではなく怨霊《おんりょう》の姿になって一尺ほどの髪を逆立て足は走るようにはしているが地のうえ三尺ばかりの宙を飛んですこしも土を踏まない。凄《すさ》まじい勢《いきお》いで私を追って里のほうへ飛んでゆくその後ろ姿を見たばかりで五体も竦《すく》んでしまってそのままそこにつっぷしていた。そのうちどこまで行っても私の影が見えないもので怪しいと思ったかまたこちらへひっ返してくる。恐ろしい声で（その恐ろしいうちに女であった時そのままのあわれな調子を帯びている）

「あかりを。あかりを」

と叫びながら桑畑のまわりを探し歩く。怨霊は私を暗闇のうちに嗅ぎしったにちがいない。

「あかりを。あかりを」

だんだんそばへくる。

「あかりを」

見つかった。私の体は怖さのあまりにそのまま消えてなくなってしまったと思って目がさめた。

夕べかうす月の夜であろう。今私の立っている嶺は南北に長く延びて非常に高くきっ立ち両側の谷はどこまで深く落ち込んでいるかわからない。これは二つの世界の境を成す山脈の頂である。私はこの山脈の東西に分れている世界がどんな処であるかを知らない。ただ下のほうは濛々《もうもう》として底なしの空虚の淵のように見える。この山は角《かど》のある岩などは一つもなくくねくねとして青草が一面に生え、この世では見たこともないぽぷらあに似た大木が谷の斜面の中途などにぽつりぽつりと影絵のようにぼけて立っている。たった一つ西側の谷または谷をへだてた向うの峯にあるすばらしい銀杏《いちょう》は棕櫚《しゅろ》の葉を立てた形にまっ黒な枝葉をひろげて黒雲のごとく空を蔽《おお》うている。そよそよと西風が吹いてきた。これは二つの世界の境に横《よこた》わってなんの遮るものもないこの嶺を恐ろしく吹きすぎる大風の前兆である。私は恐れつつはやくどこかへ避けようと思って闇をたどって東の谷へ降りた。彼方の石原へ行こうとするのである。それは滑《なめら》かな大石の灰色のや青味を帯びたのや一面に積み重なり転《まろ》び合ってほかには何一つない荒涼とした石原である。私はそれを己れにふさわしい寂しい処と思う。そう思いながら私はそこへ闇をたどって行こうとしている。

ここはすこっとらんどかすかんじなびやへんの湖水であろう。万物は暗灰色の夕靄《ゆうもや》のひとつ色に包まれて冷く朧《おぼ》ろげに鳴りをしずめている。ただひとつ湖水のうえを若い城主の小舟が重く暗く平らに沈んで沖のほうへ漕ぎ出してゆく。城主と船頭と白髯を垂れた頑丈な老臣と三人魚釣りにゆくのである。私もひとり舟を漕いでたがいに姿のかすんでみえるほど遠くからその後についてゆく。老翁はしなしなした木の枝で滑かにこしらえた長い長い釣竿をあげてひゅうと糸を投げた。その竿の先が細長い蛇の尾になって燐光《りんこう》をはなちながらうす暗い空の霧のなかをすべり水に沈んで海蛇のようにぞよぞよと泳ぐ。私はすこし気味わるく思いつつも不思議に美しい景色に見とれていつか自分も同じように竿を投げてみれば竿の先はやはり蛇の尾になって空と水のなかを泳ぎまわる。城主の舟はいつのまにか見えなくなった。私はひとり沖のほうに漂いながら後にしてきた湖畔をふりかえって見たら城主は身の丈《たけ》十五六丈《じょう》もある赤鬼のような姿になって恐ろしくわめいている。私は燐光をはなつ蛇の竿を水につきこみ櫂《かい》のかわりにして舟を漕ぎもどした。彼はなにかこの世に怨《うらみ》があってふたたび昔の姿を現わしてそれをはらそうとするのらしい。五重の塔ほどある――そしてその形もおおかた塔に似て頗《すこぶ》る荘厳に彫刻してある——金剛杵を揮《ふる》って湖畔に立ったすばらしい楼門を衝き崩そうとしている。楼門の周囲は何里あるかわからない。それは城の栄えた頃から今まで幾百年のあいだ皆朱の山のごとく中空に聳《そび》えている。金剛杵はすでに一衝き二衝きつきあてた。さしも堅固な楼門もそのたんびにすこしずつゆるいで幾千の柱や欄干がばらばらと飛び散る。彼はまずそれを粉砕したのちにその後ろにある湖水一帯の夢の国を微塵にしてしまうのだという。現在私のいるこの寂しく美しい国はさながら城主の古い夢なのであった。私はその昔の城のうえから見おろした。眼の下には湖水が朦朧《もうろう》と横《よこた》わっている。城主はその底に棲む竜女に恋をしたのらしい。竜女は妖艶な女の姿になって彼の腕に抱かれたにちがいない。私は寂しくもの悲しくなってこんなことを思った。彼は素焼の小瓶を湖水に投げ込んだらどうであろう。そしてそのなかに彼女が小さな蛇になってとぐろ巻いていたらどうであろう。

私は逃げて逃げて世界のはてと思われる絶壁の深さもしれない雪に蔽われた処をふかふかした雪に両手の指をかきつくようにして辷《すべ》り落ちて、わずかの平《たいら》な処にとまった。追手はもう崖《がけ》のうえまで来て今にもここへ降りて来そうな気がする。私は息をつくまもなくまたおなじような雪の絶壁をおなじように幾つとなく辷って終《つい》に幾千丈の地の底の行きとまりに落ちついた。すばらしい雪の絶壁にとりかこまれて日の色もみえずただ白々と雪の光に照された盆地である。追手はやすやすとここまでも降りてくるらしいので私はかたえの大きな雪の洞のなかへ隠れたと思うと同時に氷のような気を吸って息が絶えてしまったのであろう。……私は人につれられてうす暗い地の底に掘り穿《うが》った牢獄へはいってゆく。狭い陰気な洞の口をまわって蟻《あり》の穴みたいに枝分れした路をゆけば両側に列《なら》んだ鉄格子の土牢からは血の気《け》のない気のぬけた顔がまじまじと瞬《また》きをして人を見送っている。歩きまわってるのや、わめいているのや、うなだれているのや。これらの者はもう二度とふたたび地上の光を見ることはないのである。私は廻りまわって奥のほうの一段と暗い小路を曲り込んだ処の土牢のまえに立った。穴のなかには髪をふり乱したぼろぼろの獄卒が立っている。この牢はほかのよりはいくらか広くて住みやすそうにみえるが幸《さいわい》まだ囚人《しゅうじん》がはいっていない。私はせめてここへ入れてもらわねばならぬ。私をつれてきた人はこの穴が人に恵まれるように獄卒に賂《まいない》のかけあいをはじめて無言のまま五本の指を出したり両手を出したりして見せるのを相手はまだ足らないという風に空うそふいて土の天井を見あげていた。

寂しい処へゆきたくてある山奥の湿っぽい赤土の崖の弓なりにえぐられた坂路をう

ねうねとのぼってゆくうちに袋なりになった林のなかに道が絶えてしまった。そこには背の高い朴《ほお》の木が代赭《たいしゃ》色に冬枯れして大きな葉が幾重にも散りかさなり枝にも沢山ついている。また三丈五丈もある扇芭蕉がおなじ色に枯れて傷ましく凄ましく立ち列んでいる。寂しい気もちになって見まわしながら落葉の路をひきかえして今度は広漠とした渓谷、そこには一面の森林のなかに乏しい村落が埋もれている渓谷を南にひかえた雑草のなかの山路をくねくねと行くうちにとある曲り角の裸木の並木のへんに二三丈もある蟒蛇《うわばみ》の干物の眼など白っぽく干からびたのが七八本もよじくれて懸っていた。これはこの辺の住民の食物で飛魚の味がするのである。そんな処をいくつも通って恐ろしい岩山の下へ出た。まっ黒に森林に蔽われた裾から霧が濛々と吹きあげてどす黒いぎざぎざの嶺をかすめてふいふいと飛んでゆく。うす暗い路を廻り歩くうちに大きな御殿のような建物のなかへはいってしまった。暗い畳廊下を曲り曲ってゆくと処々にすばらしい広間があって美しい女たちが手燭をともしてぞよめいている。行きあう女たちは人を見て笑ったり囁《ささや》いたりする。私は訝《いぶか》りながらも好奇心にみちて右へ曲っては左に折れ右へ曲っては左に折れして七八町も歩いたと思う頃行きどまりの宏壮な大広間へ出た。あたりには姉様《あねさま》ごっこみたいな綺麗な部屋が沢山あって女たちの声も鳥の囀《さえず》りのようにきこえる。広間にはなかでも美しい女が一人いてにこやかに私を迎え入れた。女は象牙《ぞうげ》に似て潤いのある白い膚《はだ》としたたるばかりの深い眼をもっている。……海のような裾野を帰る。裾野は暗紫、暗紅、暗緑、淡紅、卵黄などおだやかな色の名もしらぬ花や葉の形も楕円や卵なりや柔い輪廓のものばかりに一面蔽われてその一群《ひとむれ》ずつ咲きわけたさまはちょうど天鵞絨《びろうど》にふっくらと織り出した模様のようにみえる。そのいろいろの花の波が甘やかに静かに波うってどこまでもどこまでもつづいてゆく。私はこの美しい野の奥のあの恐ろしい山の奥の不思議な御殿の奥にいた象牙の女を思いつつ仔馬みたいな気になってふわふわと花のうえに足を浮かせて飛び歩いた。

ある夜のことごつごつした嶮《けわ》しい禿山の麓《ふもと》を歩いている時白と黒の斑《まだら》の牛が一匹闇のなかに見えたがやがて私はなにかに襲われるような気持がしたので慌《あわただ》しく山のうえへ駈けあがって辛うじて一つの石のうえに立った。ところがその石が変に温いのでよく見ればちょうど牛の頭の形をして眼のようなもののある赤黒い石であった。気味が悪くなって暗闇のなかを手さぐりに攀《よ》じ登ってまえのよりもすこし大きい石のうえへやっと這いあがってみればまた赤黒い牛の頭の形をして今度はちゃんと眼がついている。総毛立って杖をつき立てつき立てごろごろした岩を登ってゆく。とある大きな岩に杖が突きささって血が流れるように思われたゆえ闇にすかして見たらそれは先のよりも一層大きな牛の頭で拳くらいもある眼がまじまじと瞬きして人を見ていた。どうかして逃れようと思って一生懸命に攀じのぼるけれど登れば登るほど次第に大きな牛の頭が際限もなく重《かさな》りあい一つは一つより悪い天に近づいて闇がだんだんと濃くなってゆく。私はどうしてこんなまっ暗な天までのぼってしまったのだろう。磊々《らいらい》たる牛の頭の山のうえにいてたまらない気もちになりながら恐ろしい風に飛ばされまいとして必死と生温《なまぬる》い頭に獅噛《しが》みついていた。

　私は多くの廻廊をめぐらした宏壮な王宮のなかのがらんとした広間に立っている。この昔の□□の国はからからと烈《はげ》しい日光に照りつけられてただ一本の緑の木蔭さえ見えない。傍らには布片をぐるぐると体に巻きつけた半裸体の宮女が二三人、はるか向うには髪もひげも延びほうだいに延ばした裸の人が後ろ手に柱に縛られてすこし前かがみに立っている。それは洗礼の約翰《よはね》であった。それを繋がれた雌雄の獅子が鎖をひきちぎるばかりに頸《くび》をのばして食おうとしているその鼻さきが今にも約翰の体に届きそうにみえる。そのそばに幾人かの家来を従えて見ているのは□□王であろう。宮女たちは淡い暗緑色の厚ぼったい鉢を私に渡してそのなかへとろとろの脂の煮えたぎったのを注ぎこんだ。その脂の名をいいあてなければ謁見《えっけん》は許されないという。私はそのなみなみと注がれてこぼれそうなのをしずかに捧げ鉢のふちに鼻をつけて息のとまるほど濃厚な匂いを肺一杯に吸い込んだ。そしてきろりと浮いてる脂の珠を見ながらはっと思いあたって人間の脂だと答えた。それで謁見を許されてその鉢を恭《うやうや》しく捧げながら曲り曲った廻廊を□□の作法にしたがい徐《しず》かなすり足で巧《たくみ》に王のほうへ進んでゆく。約翰の肉は食われてしまって生々しい骸骨ばかり生きて後ろ手に繋がれていた。

友と二人楽しい旅をし歩いて今この深い山にとりかこまれた荒野のなかの里についた。里とはいうものの小さな藁屋が一軒あるばかり、二人は南北にとおった路に立って空を眺めている。友は月がひとつしか見えないという。私にはうすく光る輪光のうえに光を失った満月や弦月が三つ四つかかっているのが見える。東のほうの荒野のはてからは雷のような満月が今しも地を蹴って躍りあがろうとしている。その橙黄色の暗い光に打たれて枯野の草は煙たちたち列ぶ灌木はさながら妖精のごとくに見える。虫も鳴き星もまたたく冷かな秋の夜であった。……後ろのほうに黒々と峙《そばだ》った黒姫山が火を噴きはじめた。幾百丈の火の柱が何本もつき立って枝から枝を出すのが黒檀《こくたん》の闇にはめた紅玉の象眼のようにくっきりと浮き出して譬《たと》えんかたなくもの凄い。人々は一団になって膝をふるわせている。時々ぱっと火柱が崩れるかと思えば無数の流星のごとく火花を噴きあげる、と見れば忽《たちま》ちまっ黒な笠雲がかかって凡《すべ》てが闇になってしまう。二人は人々とともにうねうねした野路を東のほうへ走ってゆく。恐怖のあまり誰一人ものをいう者もなく足音ばかり気味わるく響く。一里あまりも走ったと思う頃忽然《こつぜん》としてあたりが昼のようになった。それは滾々《こんこん》と流れ出す熔岩《ようがん》の光に照されて右手に恐竜のごとく突兀《とっこつ》と背をならべた二つの山が麓から頂まで金色《こんじき》に輝くのであった。……

大きな方形の卓のうえに身の丈一二尺ほどの大理石の彫像がある。それは襞《ひだ》をとったゆるい裳をつけ、おなじく襞のある帽子をかぶって素足の脛《すね》と両腕とを露《あら》わした女の像であった。それがふと卓のうえを歩き出したので不思議に思って垂れてる腕をそっとつまんでみたら大理石のくせにぶよぶよしている。私はそれを自分のものだと思った。広い草原の暖い日向《ひなた》に私達は大きな卓を囲んでいる。ややあって年の頃十四五のすらりとしながらよく肥えて健《すこやか》な膚に血の色の漲《みなぎ》った女の子がはずかしがってすくむようにしながらつれられてきた。古代な裳をつけてぱっちりした眼と実のいった濃い唇をもち、初夏《はつなつ》の日光を吸って色濃く咲きかけた牡丹の蕾《つぼみ》のようにみえる。……あわれに思ってすこしは抱いてやったけれどこの胸の小瓶にはもはやそんな美しい花を養うべき甘い泉も涸れてしまった。子は目のまえに消えてもしまいそうに萎《しお》れて野のなかをはるかにつれてゆかれる。ゆたゆたと波うった草原を夕ばえが横さまに照している。私はその姿を見送って人目もはじず両手を顔にあて身を転ばして声をかぎりに泣いた。掌をとおしてあわれな子の姿がありありと見えておる。

私は仙人になって寂しい国の疎《まば》らな大木の木立のなかを迫《さまよ》ってゆく。左手にさげた朱色の瓢箪には天の甘露がはいっている。その三尺もある細長い口から淡い蜜の味のする甘露をひと口ずつ味《あじわ》いながらうっとりとした酔心地になり、たわいもないことをいってはからからと高笑いしてよろめいてゆく。そのうちにふと灰白の大伽藍《がらん》のまえへ出た。甘露を呑み呑みはいっていったらそこにはいくつかの淡卵色の大理石または蠟石《ろうせき》の異形な像が立っていたがよく見れば皆生きた仙人で足どめにかかったのかつっ立ったまま身動きも出来ずに甘露をほしがって手をのばしてやんやんいう。そのなかでひとり白髪を頸筋まで垂れ体は十五六の子供ほどしかないくせに大人の五つがけもある顔をしてむずかしく眉をしかめたのがひつっこくせがむのを見むきもせずに外へ出た。頭でっかちは私を立てて追って来たが見れば身の丈六七尺の老武者の姿になって馬を風のごとくに飛ばせすこしうつむいて鬣《たてがみ》にちっと眼をつけながら大きな青玉の結晶を投げつけてよこす。その結晶が砕けてさっと傍《かたえ》の女の手くびへかかったと思ったら見る見るうちに手頸が溶けてしまったので私は内心非常に恐れながらその砕片《かけ》を拾ってあべこべに仙人をめがけて投げつけてやった。そんなにして互に投げあってるうちに凡てのものが消えてしまって私は昔の友と高い窓によりかかって仲よく話していた。

昔の友となつかしく肩をならべて緩慢な広い坂を南のほうへのぼってゆく。人々は唯《ただ》ならぬ面《おも》もちで天を仰いで慌てふためいている。ついぞ見たことのない美しい星が六つ乃至《ないし》九つ西の空に斜に高く十字形或《あるい》は丁字形になって小さい鮮かな星座をつくっている。それは禍《わざわい》の徴《しるし》である。人は私の運命がかわったという。もうとても救われることの出来ない禍の底に陥ってしまったと思う。そのしるしには私の眼は各《おのおの》ちがったほうに向ってことに左のはまだ見えぬ運命の星にひかれてそちらに向いて見るのである。と思う時左の眼のほうに三日月の形がきらりと四つ現れて「あ」と思うまに隠れてしまった。私はそのあとの空を見あげしずかに寂しく友を顧みてそれが私を司る禍の星であると教えた。

……私は恐ろしい罪を犯して心に責められながらどうぞして人の眼から己れの眼から隠れたいと思う。そのうちいつのまにか厚い壁に囲まれた狭い城みたいななかに閉じこめられてものをいわぬ嶮しい眼に責めさいなまれる。私はその眼をくらまそうと色も香もないものに身を消して宙に漂っているけれどどうして自分の心の眼から逃れることが出来ようか。一つの眼もこのあわれな者を追うことなく凡てのものから忘られてしまう処へ逃げてゆきたい。私は一陣の風と身を化し高い壁にあいた円《まる》い孔《あな》からぬけ出してま一文字に南のほうへ飛んで行った。遥に飛んで見しらぬ国の空を通るときに下界には夕靄がかかって海のように見えた。遠い遠い眼のしたにひろがってる樅《もみ》かなにかの森のなかを農夫らしい数十人の男女が群がってゆく。彼等は喜びにみちて豊かに稔った野から帰るのであろう。寂しいゆるやかな歌を笙《しょう》の笛に似た弱々しい雑音に歌いつれながらその歌を雲のうえまでうたいあげるかのごとく天を仰いでかわるがわる美しい裸の腕を徐《わず》かに高くさしあげるのがちょうど蝸牛の角をふるようにまた夕靄にかすんで影絵のように見える。女たちは丈の高い体に襞の多い古雅な裳をつけていた。私はもの悲しくその人々を見おろしながら南へ南へと飛んでゆく。……

山人外伝資料

（山男・山女・山丈・山姥・山童・山姫の話）

柳田國男

拙者の信ずるところでは、山人《やまびと》はこの島国に昔繁栄していた先住民の子孫である。その文明は大いに退歩した。古今三千年の間彼等のために記された一冊の歴史もない。それを彼等の種族がほとんど絶滅したかと思う今日において、彼等の不倶戴天《ふぐたいてん》の敵《かたき》の片割れたる拙者の手によって企てるのである。これだけでも彼等はまことに憫《あわれ》むべき人民である。しかしかく言う拙者とても十余代前の先祖は不定である。彼等と全然血縁がないとは断言することができぬ。むやみに山の中が好きであったり、同じ日本人の中にも見ただけで慄《ふる》えるほど嫌な人があったりするのを考えると、ただ神のみぞ知《しろ》しめす、どの筋からか山人の血を遺伝しているのかも知れぬ。がそんなことは念頭に置かない。ここには名誉ある永遠の征服者の後裔《こうえい》たる威厳を保ちつつ、かのタシタスが日耳曼《ジェルマン》人を描いたと同様なる用意をもって、彼等の過去に臨まんと欲するのである。幸いにして他日一巻の書をなし得たならば、おそらくはよい供養となることであろうと思う。

山人史の史料は乏しくしてかつ若干の矛盾がある。いずれの国の歴史にも事実に伝説の織り込まれてあることあたかも金襴《きんらん》に金糸の織り込まれてあるごとくであると同様に、山人の歴史もまた今では子供よりほか承知しない多くの夢物語を雑《まじ》えている。しこうしてその原因がまた共通のものである。すなわち傍観者の誤解と語部《かたりべ》の善意の誇張、ことにはまた聴く者の物の信じやすい癖である。これらの三が著しく減少したのがすなわち現代である。今もし伝説を混じているという理由で排斥するならば、多くの国に古代史がなくなる。ただし前にも言うがごとく、まさに出《いで》んとする山人外伝は一敵人の筆になるものである。従ってその記述は一国の創業史のように国民的確信を基礎として築き上げることができぬ。論争から超脱した前提なるものがいささかもない。山人がかつてこの国に存在したという単純なる事実からが、すでに厳しい吟味批判を受けねばならぬのである。拙者はこの出発点の困難を凌《しの》ぐために、将来に向ってももちろんあらゆる便利なる及び不便利なる史料を蒐集《しゅうしゅう》しかつその抵触を解説するだけの勇気をもっている。ひとり自分の予断を確かめて行くに止まらず、また各種の懐疑派の立場にも立って、想像し得る限りの反対説に熟慮を吝《おし》むまいと思う。しかし徂徠《そらい》翁の「なるべし」や平田氏の「疑なし」や某々氏の「ならん」「あらざるか」などの連続では歴史は書けない。ゆえにこの際賢明なる読者に対して切に望むことがある。自分はあえて山人は人であるという仮定を承認して下されとは言わぬ。ただ願わくは少しこの仮定に同情をしてもらい申したい。せめては自分が山人に与えている同情の七分の一ぐらいの同情が望ましい。

支那は昔から史料編纂官《へんさん》を優遇した国である。孔丘《こうきゅう》、董狐《とうこ》等の筆を神のごとく尊敬した国である。世が治まれば蛮夷戎狄《ばんいじゅうてき》が八荒《はっこう》の果てからその都に集った。これほど豊かなる見聞を備えながら、『山海経《せんがいきょう》』を始めとして歴朝のいわゆる職方《しきほう》の記録はどうであったか。鶴に食われるような小さな人、腹に眼があり穴があるという人間、不精密もまた甚しいではないか。これ皆民族としての同情が足らぬからである。初めから五感四肢《しし》自分の類ではないと考えて掛ったのが誤りの本である。比較文明史の研究者から見れば、わが邦《くに》でも尻に尾があったなどという風説を史書に載せたということは、かえって国民の外交能力の未発達を示している。しかしあの時代には山人の眷属《けんぞく》もまだ多く、狭いこの島に雑居していたのであるから、存外詳《くわし》い消息が伝えられている。世降《くだ》って日本人が充満し彼等がいわゆる山人となり終った頃は、あたかも郷土誌編纂の事業が大いに頓挫した時である。山人の生活はさておき、平民の歴史までがおいおい不明になった。しこうしてついには馬来《マレイ》型の顔もアイノ手の眉鬚《まゆひげ》もことごとく源平藤橘《げんぺいとうきつ》いずれかの朝臣《あそん》に決定することとなったのである。歴代の対山人策もむろん田舎文献の消長に伴って変遷している。今これを諸国の大和種族の植民地がこの連中を観察した態度によって言えば、幸いにも近世の流行に従った時期の分劃《ぶんかく》をすることができる。ご愛嬌に先生方のもっともらしい口吻《こうふん》を真似てみようと思う。第一期は名づけて国津神《くにつかみ》時代という。神代より以降ほぼ山城遷都の頃をもって終る。山人の先祖がまだ多く谷平野に群居して我々の部落と対抗した時代である。日本人は彼等の酋長を荒神・邪神と呼び、一朝帰順して路を開けばすなわち彼等が信仰を尊重していちばん優しい者を国津神といい、その家の祖先を国魂郡魂《くにたまこおりたま》などといって祀《まつ》ることにした。第二期は少しく短いが鬼時代または物時代という。阪上田村麿等の名将軍の尽力で、帰化する者は早く帰化をさせその他は深山の中へ追い入れた。しかし官道の通らぬ山地には険を憑《たの》んで安住し、与党がやや集れば再び出でて交通を劫《おびやか》した。大江山・鈴鹿《すずか》山の峠のみならず、時には京都の町中まで人を取りに来る。京都人は彼等が出没の自在なるに驚いて人間以上の物と認め、当時いろいろの浮説をこれに附け加えたようである。また武具の力では制せられぬと断念して祈禱《きとう》の方に力を入れ、従って山人をもって単純なる鬼物《きぶつ》と認めようとした。しかしこの鬼物が空想の産物であればその空想の由って来たるところがなければならぬのに、その記事は文字通りの変化百出であって、少なくもその中心の実験の綜合であることがよく分る。この時代の終期は一段と定めにくいが、自分は例によって鎌倉開幕の時までとしておく。実際『太平記』その他次の期の書物の鬼は前代の書籍に養われた思想であることがよく分る。第三期は山神《やまのかみ》時代であって江戸将軍の始めにまで及んでいる。山人の多くは鬼と言われながらやはり帰化土着した。山に残る頑冥《がんめい》派はいよいよ孤居寂寞《せきばく》の者となり、もはや平地人と戦うの勇気もなく、わずかに姿を見せることはあっても人を畏《おそ》れてすぐに隠れた。しかもそのために山人の不思議はかえって加わり、堂々たる敵人の態度を罷《や》めて盗《ぬすびと》に近い卑屈な作業をあえてするのまでを、地方人はその神徳の中に数え、鬼時代にはかつてしなかった禍福についての祈願をした。あるいはまた狗賓《ぐひん》時代、天狗時代と名づけてもよろしい。この信仰の発生に参与したのが山を半生の家としたいわゆる駈出《かけだし》の山伏等である。山中の修行のただの人にできぬことを立証するために、山人に緋《ひ》の衣《ころも》を着せたり頭巾《ときん》を戴かせたり羽扇を持たせたり、その他突飛《とっぴ》なるいろいろの特性を附け加えて今もその伝説を各地に留めている。第四期に至っては大いなる零落である。自分は涙を揮《ふる》ってこれを猿時代と名づける。足利氏の末頃からおいおい進んで来た医学につれて物の名を詳《つまび》らかにする本草《ほんぞう》家という学問が起り、徳川時代の文明がこれを成長させてついに貝原氏の『大和《やまと》本草』、寺島氏の『和漢三才図会《さんさいずえ》』となった。これ以後の書には山男、山爺《やまじい》などは寓類《ぐうるい》の中に数えられて、狒々《ひひ》の次に置かれてある。実際山人族の文化の退歩もまた甚しいものがあった。彼等と我々との懸隔は莫大なことであれば、人類学の今のように進むまでは抗議をするにも材料がなかったかも知れぬが、実はこの分類は支那書の受売りであった。さて自分が今自ら評判している書物がもし出版屋を見出したならば、日本人の対山人史は明らかにその第五期に入ることであろう。

右に陳述した歴史上の五大分期は、形はご覧の通り立派なものであるが、やはり他の多分の例に洩《も》れず、各期の尻と頭とが錯綜して曙染《あけぼのぞめ》をなしている。結局何のために分けてみたかちょっと答えられぬことにならぬでもないが、少なくも眼前紛雑《ふんざつ》を極めている山人史の資料を、右の思想の変遷に従って処理淘汰《とうた》して行くに都合が良い。しかし自分は誓ってそのような易行道には赴かない。その理由はたくさんあるが、一にはこの時代分けはさらに第二の大《おおい》なる仮定である。第一の仮定の確立せぬ中《うち》にまた一歩を進めるのは信任の濫用である。二には自分の取り扱わんとする問題は今日の山男である。近世の史料に基づいて近世の山人の生活を明らかにせんとするのである。日本人に滅ぼされたまたは日本人となりすました彼等が従兄弟《いとこ》の伝記に多くの力を割《さ》くことができぬ。三にはこの五期の分類によるときはとうていいずれにも属せしめ得ない近代の貴重な材料がある。本草家の中には一方に山人を猿の類に入れるような事大主義の存するると同時に、我々と同じ心掛けで重きを実際の観察に置き、これを忠実に書き残して断定を後昆《こうこん》に任せた一派がある。この労力をいたずらにせぬためには、時代時代の思潮から立ち離れて、面倒を厭《いと》わず個々独立の見聞録の矛盾を解明してみねばならぬ。しかもその矛盾には大分厄介なものがある。自分はあいにく研究法の学者を友人にもたぬために、自ら考えてみてもちと不細工な粗い分類をしている。諸君笑われては困るが、それは第一類山男等が物を言ったといわぬ記事、第二類山男等が物を言ったという記事である。彼等を神でも妖怪でもないとする自分の仮定に従えば、ごく大ざっぱに一類を事実に近きもの、二類を伝説と分けてもよいようであるが、そうはできない仔細があって後に述べる。また伝説だから顧るに足らぬというような不親切なことは言わぬ。いちいち鄭寧《ていねい》に考察すべきはもちろんであるが、順序としてこれからまず第一類の史料に手を着けてみよう。

近世の山男記事では駿河と土佐の二国に存する者が最も古い。しかもこの二国は今日に至るまで山人の足跡のはなはだ多い地方である。

慶長十四年四月四日、駿府御殿の庭に人あり。四肢に指なし。弊衣《へいい》を着、乱髪にして青蛙《あおがえる》を食う。何方《いずかた》よりともなく来る。その居所を問うにただ手をもって天を指すのみ。天より来ると言うなるべし。左右これを殺さんとす。家康公仰せに殺すことなかれとのことゆえ、これを御城外に放つ。その行方を知らず。（東武談叢）

この話は『駿国雑志』に従えばまた『一宵話《いっしょうわ》』という書にも載せてあって、多少の相違があるそうである。思うに当時の大評判であって区々《まちまち》の噂があったらしい。天を指した時に見たのであれば指のなかったことは確かであろうが、それは怪我《けが》でもしていた山人である。弊衣を着ていたとあってもその材料は不明なのは遺憾なことだ。天より来たと解したのはいわゆる山神思想の痕跡であるが、静岡に現れたといえばどうしても安倍川または藁科《わらしな》川の上流の居住者と見ねばならぬ。

寛永十九年壬午《みずのえうま》の春、豊永郷の深山より山ミコという者を高知へ連れ来る。大の男にて肉合逞《たくま》しく、年齢は六十ばかりに見ゆ。食を与うれば何にても食う。二三日して本の処へ返し遣《つか》わす。（土州淵岳志）

寛永十九年は前の話より、三十三年の後、今から二百七十年ばかり昔である。豊永は吉野川の上流で土佐長岡郡、この辺では山ミコという名もあり本の処も知れていたのである。同じ時代に山陰道の方面にもこれについて若干《そくばく》の実験をし得た者があった。

寛永年中の事なり。安成久太夫《やすなりきゅうだゆう》という武士あり。備前因幡《いなば》国換えの時節にて、いまだ居屋敷も定まらず、気高《けたか》郡鹿野《かの》の在《ざい》にかりに住みけり。ある夜山に入りけるに、夜更け月の光も薄く木立も奥暗き岨陰《そばかげ》より、何とも知らぬ者駆け出で、久太夫が連れたる犬を追い掛け遥かの谷へ追い落して、傍なる巌窟に駆け入りたり。久太夫不思議に思い、犬を呼び返してその穴に入れんとするに、犬怖れて入らざれば、若党に命じてかの者を探り求めしむ。人の長《たけ》ばかりの猿のごとき者なり。若党引き出さんとするに、力強く爪尖《とが》りて若党の手を掻き破りけるを、ようやくに引き出したり、久太夫葛《かずら》を用いてこれを縛り村里へ引き出し、燈をとぼしてこれを見るに、髪長く膝に垂れ面相まったく女に似て、その荒れたること絵にかける夜叉《やしゃ》のごとし。何を尋ねても物言うことなく、ただにこにこと打ち笑うのみなり。食を与うれども食わず、水を与うれば飲みたり。遍《あまね》く里人に尋ぬれども仔細を知る者なし。一村集りてこれを見物す。その中に七十余の老農ありていうには、昔この村に産婦あり、にわかに狂気して駆け出でけるが、鷲峯《しゅうぶせん》山に入りたり。親族尋ね求むといえどもついに遇《あ》うことなしと言い伝えたり。その年歴を計るにおよそ百年に余れり。もしはこの者にてもあらんかとなり。久太夫速やかに命を助け山に追い返しけるに、その走ることはなはだ早し。その後またこれを見る者なしといえり。（雪窓夜話）

因幡西部の山地での見聞である。里の男女が発狂して山に入った話は多いことで、何の目印もなく彼女《あの》であろうは速断であったが、少なくもこの辺の深山にもほかにあまり心当りのないほど、珍しい事件であったことが分る。犬を追い落した様子によって幾分かこの者の常の生活も察せられる。なおおいおい列挙する記事と比較してもらいたい。

山人が尋常一様の妖怪の類でない証拠としてまず諸君の注意を乞いたいのは、この物が小さな島におらぬという点である。もし我々の想像の産物でありとすれば、人の行く処には必ず追随すべきはずであるが、実際の遭遇談は旧日本の三箇の大島《だいとう》の、しかもおよそ定まった十数箇所の山地にのみ伝えられているのである。要約して言えば山男のおりそうな処にばかり山男はいる。たといその話の十中二三が幻覚《まぼろし》であったとしても、なお幻覚相応の根拠があるらしい。今地図の上においてこれら山人の居住地の相互関係を考察すると、海上交通の問題だけは特別の説明を必要とするかも知らぬが、そのほかにおいてはきわめて自然なる聯絡《れんらく》が存しているように思われる。すなわち最初は麓《ふもと》の方から駆け登ったとしても、いったん山に入ってから後の遷徙《せんし》異動に至っては、全然下界と没交渉にこれを行うことができる処ばかりである。九州で申さば今でもこの徒の活動しているのは彦山《ひこさん》の周囲と霧島の連山である。阿蘇火山の東側の外輪山を通ればほとんど無人の地のみである。ただし阪梨《さかなし》の峠を鉄道が横ぎるようになったら彼等は大いに面食うことであろう。四国では石鎚山山《いしづちさんさん》彙《い》と剣山《つるぎさん》の奥が本拠であるらしい。吉野川の上流には処々に閑静な徒渉《としょう》場があるのみならず、多くの山の峯は白昼大手を振って往来しても見咎《みとが》める者もなく、必要があればちょっと鬱散《うっさん》のために海岸に出てみることも自由である。それから本土においても彼等にとって不退の領土がある。前に述べた大井川の上流から、たとえば木曾の親類を訪問するにも良い路が幾筋もある。赤石・農鳥《のうとり》に就いて北に向えば、高遠《たかとお》の町の火を眼下に見つつ、そっと蓼科《たてしな》の方へ越えることもできる。夜行の貨物列車に驚かされるのが厭《いや》なら、守屋岳《もりやだけ》の峯伝いに岡谷の製糸工場のすこし下流で天竜川を渡ってもよろしい。塩尻峠や鳥居峠では日本人の方が閉口して地の底を俯伏《ふふく》している。山人にとってはおそらくは里近い平野が我々の方の山路、峠路に該当することであろう。我々の旅人が麓の宿の旅籠《はたご》に泊って明日の山越えの用意をするように、彼等はまた一人旅の昼道は危いなどと、言っているかも知れぬ。いわゆる赤石山脈の縦断などは近頃になって山岳会の諸君が冒険をするまでは、徳川氏の初期に勇敢なる駿州の武士がこれを企てたのを伝えているのみである。秋葉の奥山のごときもまた安全な路線である。天竜の峡谷で足を沾《ぬら》すことさえ承知ならば、何の骨折りもなく木曾駒ヶ岳一帯の幹路に取り附き得る。木曾から立山《たてやま》へ、または神通《じんずう》川が面倒なら位山《くらいやま》・川上岳の峯通に直接に白山に掛り、能郷《のうご》の白山から夜叉池《やしゃがいけ》の霊地を巡遊して、北国海道などは一飛《ひととび》に比良《ひら》にも鞍馬《くらま》にも比叡《ひえい》にも愛宕《あたご》にも出られ、柳桜の平安城を指点して、口先だけならば将門《まさかど》・純友《すみとも》の豪語もなし得たのである。それから西へ行けば大山《だいせん》・三瓶《さんべ》山、因幡・出雲にも小さな植民地がある。また熊野の奥へ越えるのには逢阪《おうさか》山に往来の人がちと多過ぎる。ゆえに湖東胆《い》吹山《ぶきやま》の筋を迂回《うかい》して伊勢・大和の境山を行く。路はやや遥かではあるが住心地《すみごこち》の好い南の海辺である。夜寒の苦が少なくしてかつ白く柔かい海の魚を取り得る望みもある。伊豆の天城《あまぎ》よりは近所が静かでよい。夏になれば富士川を越えて東北の新天地にも遊ぶことができる。富士の八湖を左手《ゆんで》にして籠阪《かごさか》を夜半に横ぎり、笹子《ささご》・大菩薩《だいぼさつ》を経て秩父《ちちぶ》の奥に行けばゆるりと休息する。荒船から碓氷《うすい》にかかり浅間の中腹を伝って、左に折れて戸隠《とがくし》・黒姫・妙高山附近の故郷を訪ねるもよし、あるいはまた白根から南会津に入れば、只見川の水源地のごときは安楽国の一である。駒ヶ岳・飯豊《いいで》・朝日岳まで行けば広い国と大きな海が見える。鳥海山《ちょうかいさん》へは大分迂回せねばならぬが、奥州境の山に沿うて北秋田に入り、田代・岩木の山に行けば多くの同類がいる。阿仁《あに》から岩手山の方に出てもよし、鹿角《かづの》の沢へ下ると銅山の煙には弱るが、北上川の分水嶺を過ぎて東海の荒浜の見える閉伊《へい》の山地にも落ち付くことができるのである。もちろん山人の道中記とは符合せぬかも知れぬ。また彼等の間にはかくのごとき大旅行の必要はなかったかも知れぬが、諸国の山奥に散在するこれ等の人民がもと一種族であったことだけは容易に想像し得ることである。

前に列挙した山国においては山人のいたという確かな話が段々あるが、後の説明に入用なものはまずここには略しておき、最初にはただこの者に逢ったというだけの例を二つ三つ出してみよう。

対馬《つしま》某は物産に精《くわ》し。常に薬を叡山に採る。ある日渓《たに》の側に憩《いこ》いしに、たまたま谷を隔てたる山の下に、一人の小児が出でて石の上に遊べるを見たり。数々躍《と》び下りてまた上る。これは必ず麓の村の民家の子が来たりて遊ぶならんと思うほどに、その小児は去り行きぬ。その後この辺《あたり》を通り見るに、石は高さ数丈あるものなりき。これをもって料《はか》れば、かの折小児のごとく見えしは身長《みのたけ》一丈もありしなるべきか。けだし山魅《やまのかみ》の類なるべしと。(有斐斎劄記《ゆうひさいさっき》)

川路聖謨《としあきら》先生ある年公の命にて木曾に入りある山小屋に宿す。月の明らかなる夜《よ》深《ふけ》に、小屋の外に来てしきりに声高く喚《よ》ぶ者あり。刀を執りて戸を開けばそこにははや影も見えず、きわめて丈高き男の小屋の前なる山を降り行く後姿、遠く月の光にて見ゆ。山男なるべしとその折従者に語られしが、他日ついに再びこの事

を口にせられず、日記にも伝にもいまだこれを記するものを見ずと。（石黒忠篤君談）

越前丹生《にゅう》郡三方《みかた》村大字杉谷の、勝木袖五郎という今五十余の男、十二三歳の頃の事なり。秋の末枯木を取りに村の山へ行くに、友だちは欺《あざむ》きて皆ほかの処へ行き、この者一人村の白山神社の片脇なる堂ヶ谷という処にて木を拾いてありしが、ふと見れば目の前のカナギ（くぬぎ）の木に凭《もた》れて大男の毛脛《けずね》すくと見えたり。見上ぐれば目の届かぬほどに丈高し。怖しければすぐに引き返して程近きわが家の背戸口に馳せ帰り再びその山の方を振り返り見るに、大男はなおもとの場所に立ち、凄《すご》き眼をしてじっとこちらを見てありしかば、その時になりて正気を失いたりといえり。堂ヶ谷は宮にも民家にも近き低き山なり。（前田雄三君談）

四国の深山に山爺という物あり、形は痩せたる老人なるが絶崖巉岩《ざんがん》を行くこと平地のごとし。山民時としてこれを見る。さまで神仙の術あることも聞かず。まことに山沢の癯仙《くせん》と看《み》つべきものなり。南部の山中にも松栢《しょうはく》の葉のみ食いて余物を食わず、澗飲《かんいん》して年代を知らざる者あり。皆これこの類ならんといえり。（日東本草図彙巻十二）

拙者の山男談は二回や三回で種の尽きるほど不景気なものではない。ただ天孫人種の昔話であまり賑《にぎや》かであるゆえに、山男風にしばらく退嬰《たいえい》していたのだ。またそろそろと御意を得たいものである。さて山男が真の人間である証拠として最も有力なるは食物《たべもの》の話かと思う。この人種の気の毒なのは火を自由に用い得ないことである。それも初めから火食の便宜をまるまる知らぬのならばよいが、火という物は暖いことまさに夜分の太陽とも名づくべきもので、わずかの間その上に肉類を載せておくと、大変にもろくかつ香《こうば》しくなることを記憶しまたは聞き伝えている身には、生活の大必要からとは言いながら、火の光を避けねばならぬ第二の天性を作るまでには定めて苦艱《くかん》を忍んだことだろう。自分で火を焼《た》くなどということは窟《いわや》の中でも断念せねばならぬ。ことに次の冬まで持ち越すべく夏中火の番をしているには労力の融通がつかぬ。ゆえに是非もなく寒さに堪えるだけの皮膚になった（山から小僧が泣いて来たという歌は、あれはお寺の小僧のことである）。彼等は谷川の魚または山鳥、羚羊《くらしし》等の肉を生で食ったらしい。これは人の想像し得ることであるが、慥《たしか》な史料もあるのである。その一例を挙げるなら、

高田（越後）の大工又兵衛、西山本に雇われおり一夜急用ありて一人山路を還る。岨道《そばみち》の引き廻りたる処にてはからずも大人《おおひと》に行き逢う。その形裸身《はだかみ》にして長《たけ》は八

尺ばかり、髪は肩に垂れ眼の光星のごとし。手に兎一つ提げて静かに歩み来る。大工驚きて立ち止れば、彼もまた驚けるさまにて立ち止りついに物も言わず路を横ぎりて山に登り去りしとぞ。（北越雑記巻十九）

大人《おおひと》という語はわが国東半分に弘く行わるる山男の別名である。この兎は何のために運搬していたか、言わずとも知れた彼等の弁当ないしは家苞《いえづと》である。『本草綱目釈義』、獣の部に、

「山獏」ヤマヲジ（筑前）ヤマヂヂ（阿波）ヤマヂイ（讃岐）。九州または四国に多し。山深く続く処にいる。木曾にもあり。常の人よりも小にして男の形、はだかなり云々。杣人《そまびと》山中に入る時火を焚《た》けば、傍に来て蟹などを焼きて食う。何事も害をせぬ物なり。

とある。大分多勢の口を経たらしい記事であるが、ほかにも、これと似た記録がある。

会津領耶麻《やま》郡磐梯《ばんだい》山の西北の谿《たに》、多く薬草を産す。川芎《せんきゅう》ことによろし。山下の村民稼穡《かしょく》の暇には山を攀《よ》じてこれを採る。文化の初年に、村民二人深く奥山に入り出ることあたわず、澗《たに》の側《かたわら》なる大木の虚洞《うつろ》にて夜を明かすとて穴の辺《ほとり》に火を焚きてありしに、その谿の内より出で来たる者あり。その状猿のごとく唇長く、長《たけ》は

六尺ほどにて女人の姿に似たり。髪の毛は六尺余、おおよそ踵《くびす》を隠すばかりなり。両人を見て笑う。その凄きこと言語に絶えたり。やがて火の傍により捕え来たりし沢蟹を焙《あぶ》り食う。これ俗にいう山ワロという物にて野猨《やえん》の年経たるなりとぞ。奥羽の間の深山にはままいる由なり云々。（竜章東国雑記第六集）

この話の中《うち》、唇長く云々の二三句は皆様ご信用ご随意である。火を借りに来て世辞《せじ》笑いをしたのを物凄いなどという両人が、口元によく気を留めたとも思われぬ。これはまったく野猨の年経たものと聞いていたからの文飾らしい。その事は後に狒々《ひひ》の条に述べたいと思う。

次に常識者流の言いそうなことは塩の問題である。我々は山人を海より杜絶《とぜつ》して甲斐の信玄にしてしまった。交易なしにどうして山中に住めると詰《な》じるであろう。これに対しては簡単に山塩または塩の井のことを告げたら十分だ。明治四十三年かに、専売局がいわゆる塩田整理をするときまで、信州飯田の収納所で買い上げてやらねばならぬ製塩があった。それは南朝皇族の御隠家《かくれが》であった下伊那郡大鹿村《おおしか》大字鹿塩《かしお》の塩井《しおのい》の産であった。赤石の北、白根の西、稀《まれ》なる深山の奥であったが、拙者知合の阿波の人が久しく住んで塩を造り、ついにこの時賠償金を貰ってやめた。塩の字の附いた温泉鉱泉は最も多い。交雑物はあるが塩水である。甲州では奈良田《ならだ》の塩の井、すなわち西山の湯の所在地である（甲斐国志）。越後では魚沼郡妻有《つまり》郷の塩沢駅、古志郡橡尾《とちお》郷塩谷の塩川村、蒲原《かんばら》郡菅名《すげな》庄下条村塩沢の塩泉、同郡奥山庄塩谷村塩入《しおのいり》の温泉ほか数箇所（北越雑記）。会津大塩の塩泉などもこれを煮て塩を製した（東国雑記）。出羽の庄内では東田川郡東《あずま》村の田麦俣《たむぎまた》、飽海《あくみ》郡平田郷円道河内《えんどうごうち》の台浄《たいじょう》権現の奥院鷺《さぎ》の沢も塩井である（三郡雑記）。羽後北秋田郡切石村西山の麓の塩井は弘法の突塩と称え、大師の法力によって出たもので元は白塩であったといい、今でもこの水で魚を煮たり蔬菜《そさい》を儲蔵《ちょぞう》する（秋田県案内）。西部の諸県にもあるがあまり多くてわずらわしい。これだけあれば山男の嘗《な》めるにはたくさんであろう。駿州奥仙俣《おくせんまた》の奥に青色の泥の出る処がある。土に塩気があって時々鹿が来て嘗める（仙梅日記）。鹿の湯、狐の湯などという温泉に、これ等の動物に教えられて霊験《れいげん》を知ったという口碑がよくあるが、こんなのを見掛けたのが元であろう。野飼の牛馬が烈《はげ》しく塩を欲求することは誰でも知っているが、野獣も野獣相応に需要を充たす術があったのである。ただし山に住む者は習慣の力をもってできるだけ消費を制限していたには相違ない。吉野の山中の異人が一握《つか》みの塩を小屋に来て貰い、これだけあれば十年は凌《しの》がれるといった話が、馬琴の『羈旅《きりょ》漫録《まんろく》』かに見えていた。

植物性食物の方面においては、拙者は本誌第三号の大野君の問、同第四号の南方《みなかた》君の答によって大いに弁明が楽になった。野生植物の食用に適する物は年中ほとんと間断がない。実が尽きると根が肥える。春より夏にかけてはいろいろの嫩芽《わかめ》が出る。次から次へ食べて行かれる。ことに樹果《きのみ》には人をして山を愛せしむるに足るものがある。『今昔物語』の猿などは、山に入って栗、柿、梨子《なし》、栢《かや》、榛《はしばみ》、郁子《むべ》、山女《あけび》などを採り来たって僧に供養したとある。梨子なども山中の休場に大木があって旅人の食うに任せてある者が今でもある。ことに栗などはあまり多くして貪《むさぼ》って取って来ることもできぬのは、ちょっと平野の人には想像のならぬところである上に、時としては早く山人に占領せられおる樹があった。

伊那郡（信濃）と筑摩《つかま》郡との境に、南小野より諏訪へ越ゆる少しの峠あり。三分《みわけ》村の峠なればこれを三分峠という。峠の下に天狗の林というあり。小さき林なれど一本も余の木はなく、すべて皆栗の木なり、この栗枝垂《しだ》れて柳か糸桜のごとく、実のある時にはその枝地を掃くばかりなれど、これ天狗の栗なりとてこれを打ち落す者なく、ただ地に落ちたるを拾うなり。実はいたって小さく何にもならねば取る人もなしといえり。（千曲之真砂《ちくまのまさご》附録）

山越えの者がこの木を採らぬようになったのは、多分何度も石を打ち附けられるとか劫《おびや》かされるとかした経験によるので、何にもならぬというのは危険を犯すだけの価値がないというまでであろう。しかして栗を食う天狗とはすなわち山男のことに相違ない。次に根を掘って食う物には山百合《やまゆり》などが主たるものである。この草の多い場所は浅い山にもある。アイヌの姥百合《うばゆり》の例を見てもわかるごとく、三百人や五百人の食物はどこにでもある。山慈姑《かたくり》、蕨《わらび》、薯《いも》、野老《ところ》も澱粉に豊かである。しかしこのほかにも町の人が蕗《ふき》の薹《とう》を食うように、オツな食物としては何があったか分らぬ。山人の食鑑は我々にはとても編輯《へんしゅう》ができぬ。

中村沢目蘆谷村というは、岩木山（陸奥《むつ》津軽）の峠《ふもと》（?）にして田畠も多からねば、炭を焼き薪を樵《こ》りて活計の一助とす。この里に九助という者あり。常のごとく斧《おの》を携えて山に入り、柴立《しばたち》を踏み分け渓水《たにみず》を越えて二里ばかりも登りしが、寥廓《りょうかく》たる平地に出でたり。年頃この山中を経廻《けいかい》すれどもいまだ見たることなき処なれば、始めて路に迷いたるを覚《さと》り、かつは山の広大なることを思い歎息して佇《たたず》みしが、たまたまあたりの谷陰に人語の聞えしまま、その声を知辺《しるべ》に谷に降りて打ち見やりたるに、身の長《たけ》七八尺ばかりの大男二人、岩根の苔《こけ》を摘み取る様子なり。背と腰には木の葉を綴《つづ》りたる物を纏《まと》いたり。横の方を振り向きたる面構《つらがま》えは、色黒く眼円《まろ》く鼻ひしげ、蓬頭《ほうとう》にして鬚《ひげ》延びたり。その状貌《じょうぼう》の醜怪なるに九助大いに怖れをなし、これやかねて赤倉に住むと聞きし大人《おおひと》ならんと思い急ぎ遁《に》げんとせしが、過ちて石に蹶《つまず》き転び落ちてかえりて大人の傍に倒れたり。仰天して口は物言うことあたわず脚は立つことあたわず、ただ手を合せて拝むばかりなり。かの者等は何事か話し合いしが、やがて九助を小脇に抱《かか》え、嶮岨巖窟《けんそがんくつ》の嫌いなく平地のごとくに馳せ下り、一里余りも来たりたりと思う頃、そのまま地上に引き下してたちまち形を隠し姿を見失いぬ。九助は次第に心地元に復し、始めて幻夢の覚《さ》めたるごとく首《こうべ》を挙げて四辺を見廻らすに、時はすでに申《さる》の下《さが》りとおぼしく、太陽山際に臨み返照長く横たわれり。その時同業の者手に手に薪を負いて樵路《しょうろ》を下り来るに逢い、顛末《てんまつ》を語り介抱せられて家に帰り着きたりしが、心中鬱屈《うっくつ》し顔色憔悴《しょうすい》して食も進まず、妻子等いろいろと保養を加え五十余日にしてようやく回復したりしとなり。（小田内通敏君写本）

大井川（駿河）の奥なる深山に山丈《やまじょう》と称する怪獣あり。島田の里人に市助という者、材木を業としてこの山に入ることたびたびあり。ある時谷畠《たにばた》の里を未明に立ち、智者山《ちしゃやま》の嶮岨を越え八草《やくさ》の里に至る途中、夜すでに明けんとするの頃深き林を過ぐるに、前路数十歩を隔てて大木の根に長《たけ》一丈余の怪物凭掛《よりかか》りて立ち左右を顧みるを見たり。案内の者ひそかに告げていう、かしこに立つは山丈なり。行き逢えば命は計りがたし。近づくべからず、また声を揚ぐべからず。この林の繁みに影を隠せという云々。かの怪物樹下を去り峰の方へ疾走す。これを窺《うかが》うに形は人のごとく髪は黒く、毛は身を蔽《おお》いたれど面《おもて》も人のようにて、眼きらめき長き唇反りかえり、髪は一丈余にしてかもじを垂れたるがごとし。市助はこれを見て身の毛堅《た》ち足の踏所《ふみど》を知らず。されど峰の方へ走り行くを見て始めて安堵《あんど》の思いをなし、案内とともにかの処に至りてその跡を閲《けみ》するに、怪獣の糞《ふん》樹下に堆《うずたか》くその多きこと一箕《ひとみ》ばかりあり。あたりの木は一丈ほど上にて皮を剝き探りたる跡あり。導者いう、これ怪物があま皮を食いたるなり。また好みて篠竹《しのだけ》を食うといえり。糞の中には一寸ばかりに嚙み砕ける篠竹あり。獣の毛も交りたりしとかや云々。（駿河国巡村記、志太郡巻四）

この話は単に唇の点のみならず、よほど疑わしい部分があるから、どれまでを採択してよいかちょっと決しかねる。しかし大井川の源頭は山人人口の最も稠密《ちゅうみつ》な地方であれば、この記事は参考にせぬわけには行かぬ。さて話がいよいよ終局まで来たから、次には章を改めて山男が米の飯を欲しがるということを述べたいと思う。

山男がむやみに背の高い大人《おおひと》であるという話と対立して、子供のように小さいという記事の少なくないのは妙な現象である。段々と比較をしてみると結局はさほど大きくも小さくもないのが事実らしい。さらに山人の食物のことをお話ししてみよう。

「山𤢖」俗に山ワロという。按ずるに九州の深山に山童《やまわろ》という物あり。容貌十歳ばかりの童子のごとし。遍身細毛あり。柿褐色《かきかちいろ》にして長き髪面を蔽い、肚《はら》短かく脚長く、立行して人言をなし早口なり。杣人《そまびと》と互いに相い怖れず。飯雑物《ぞうもつ》あれば喜びてこれを食い、木を斫《き》る用を助く。力はなはだ強し。もしこれに敵すればすなわち大いに害をなす。（和漢三才図会巻四十）

右の寺島氏の説はどうみても実験者の言ではない。肚短く云々から早口であるという点まで、近世の川童《かっぱ》に関する九州からの報告と吻合《ふんごう》しているのはすこぶる注意すべきことで、あるいは次の「夏は川に住みて川太郎という」とある記事に筋を引いてはいないかと思う。ただし川童には飯を喜ぶというような話はあまり聞かぬ。

九州西南の深山に俗に山童という物あり。薩州《さっしゅう》にても聞きしに、かの国山の寺という処にも山わろ多しとぞ。その形は大なる猿のごとくにして常に人のごとく立ちてあるく。毛の色ははなはだ黒し。この寺などに毎度来たりて食物を盗み食《くら》う。しかれども塩気ある物をはなはだ嫌えり。杣人などは山深く入りて木の大なるを伐《き》り出す時、峰を越え谷を渡らざれば出しがたく出し悩む折には、この山童に握飯を与えて頼めば、いかなる大木といえども軽々と引きかたげて、よく谷峰を越し杣人の助けとなる。人とともに大木を運ぶときは、必ず後の方に立ちて人より先に行くことを嫌う。飯を与えてこれを使えば毎日来たり手伝う。まず使い終りて後に飯を与うるなり。始めに少々にても飯を与うれば食し終りて逃げ去るがゆえなり。常には人の害をなすことなし。もしこちらよりこれを打ちあるいは殺さんと思えば不思議に祟《たた》りをなし、その者発狂しあるいは大病に染《そ》みあるいはその家俄《にわか》に火を出すなど、種々の災害起りて祈禱《きとう》医薬も及ぶことなし。このゆえに人皆大いに怖れ敬いて手ざすことなし。この物ただ九州の辺境にのみありて他国にあることを聞かず。冬より春へかけて多く出るという。冬は山にありて山わろといい、夏は川に住みて川太郎というとある人の語りき。されば川太郎と同じ物にして所により時によりて名のかわれるものか。（西遊記）

この話はこれを載録した書物とともに非常に有名になったもので、享和元年の『野《や》翁《おう》物語』を始めとし、多くの随筆類にも丸写しに転載せられているが、もとより著者が旅行中に聞いて来たというばかりで、実は空な噂である。いったいがちと仰山《ぎょうさん》な人であるから、事によるといわゆる薩州山寺の話のついでに、平素愛読していた『和漢三才図会』の記事を面白く布衍《ふえん》したのかも知れぬ。山男が人の心中を洞察するということ及び冬は山童夏は川童ということなどは、ことに九州で聞いて来たとは思われぬ。

これ等は山男に関する最もありふれた俗説であって、「他国にあることを聞かず」などというのは、人を疑ってはすまぬが少々とぼけ過ぎていると思う。しかしながら拙者はこれがために山男の米の飯を愛しあるいは人家に入ってこれを盗みあるいは労働と交易するという事実を否定しようとは思わぬ。次に挙げる一報告のごときは、根拠の確かでないことは同じながら、話がよほど具体的である。またこれを旁証《ぼうしょう》し得べき他国の例も段々あるのである。

豊前中津領の山賤《やまがつ》など、奥山より木を伐り出す時、馬牛の通いがたき場所は山男という者に頼みて山の口までこれを出す。はなはだ便利なり。山男はたいてい長《たけ》六尺、高きは六尺四五寸もあるべし。力量いたって強き者なり。材木を負わせて出すに、いっこう人と言語をなさず、ただこちらの言うことは聞き分くるとみえたり。この木を山口の何という処まで出してくれよ、その賃にはこの握飯を遣すべしと約束す。またもしこの木二本持たば二つやらんと言えば、その側に寄り木を持ち試み、二本持たるると思えばこれを傍へよせて二本一所の由を示すなり。足はいたって遅し。総身人と同じくして毛多し。もっとも裸なり。下帯とてもなし。男女しるしはあれど股《もも》のあたりはことに毛深く、眼の色と大小とにて男女を別《わか》つばかりなり。はなはだ正直なる者にて、約に違《たが》えば大いに怒り大木なりともこれを微塵となし、かつその人を忘れず重ねて逢うことあれば無二無三に飛び掛りて半死半生になすなり。そは握飯二つと言いて一つ遺《のこ》しなどしける折のことなり。この様子蝦夷人《えぞびと》に似たりというべきか。山中往来の場処限りありとみえて、その処よりは少しも里へ出でず。また岩角谷川いかようの所にてもゆたりゆたりと歩む。川深ければ牛のごとく頭《かしら》の隠るる川にても底をば平地のごとく歩み行くなり。男はたいてい肥えて色青黒し。また山女は木葉樹皮《きのはきのかわ》ていの物を割《さ》きて筵《むしろ》のごとく編み綴り、それを身に纏《まと》うなり。色は青白く丈も男より少し低く痩せたる方なり。これはちょっとは人の眼に係《かか》れどなかなか傍へは寄り来たらず。いかようの場処に住みおるにや知る者なし。猟人《かりうど》などたまたま深山の岩窟に眠りているを見ることありという。国により住む国と住まぬ国とあるにや、はた山によるにや知れがたし。仙人などとは様子異なるものなり。平生は何を食類となすかと思うに、多く木の実または鳥獣それぞれの得物を求め生物《いきもの》を食す。あるいはその皮を着もし敷きもするとみえたり。また藤葛《ふじかずら》を裂きて糸のごとくし用いることあり。歯は男女ともいたって白し。されどはなはだ穢《けがらわ》しき臭気ある由なり。（周遊奇談巻三）

この書も近世出板の通俗読本《よみほん》であって、その目的の都人士をして驚歎瞠目《どうもく》せしむるにあったことは『西遊記』と同じく、いずれは行逢《ゆきあい》の旅人から聞き伝えたものに相違ないが、よほど上手に根掘り葉掘りをしたとみえて、記実が要領を得ている。橘春暉《たちばなしゅんき》がもしこの本を見たなら、おそらくは冬は山童夏は川太郎などの俗伝を蛇足しなかったであろう。出板もたしかこちらが大分後である。ただしこの著者が秋田方面において自身山男を見たとあるのはちといかがなものかと思う。見たにしては冷淡な記事である。

出羽国仙北より水無《みずなし》銀山阿仁という処へ越ゆる近道、常陸内《ひだちない》という山にて路を踏み迷い、炭焼小屋に泊りし夜、山男を見たり。形は豊前のに同じけれど力量は知れず。木も炭も石も何にても負いもせず、ただ折々その小屋へ食事などの時分を考え来るとなり。飯などを握りて遣《つか》わせば悦《よろこ》びて持ち退《の》く。人の見る処にては食せず。いかにも力はありそうなり。物は言わず、のさのさ立ち廻り歩くばかりなり。もっとも悪きことはせず、いたって直《すなお》なる由なり。この処にては山女は見ず、またその沙汰もなし。(同上三巻)

飯の時刻を狙って来るとはずいぶんと山人を蔑視した言であるが、彼等の無邪気なことはよく解る。なおこれと同じく山人が米の飯に心を引かれたという例はたくさんある。

飛驒の山中にオオヒトという者あり。丈は九尺ばかりもあるべし。木の葉を綴りて衣とす。物をも言うにやこれを聞きたる人なし。ある猟師山深く分け入りて獣多き処を尋ねけるが、思わずこの者に逢いたり。走り来ること飛ぶがごとし。遁《のが》るべきようなければせん方なく、せめてはかくもすれば助からんかと、飢えの用意に持ちたる団飯《むすび》を取り出で手に載せて差し出せしに、取り食いてこの上なく悦べる様《よう》なり。まことに深山に自《おのずか》ら生れ出でたる者なれば、かの洪荒《こうこう》という例も思い出でられて、かかる物食いたるは始めてのことなるべしと思わる。しばらくありてこの者狐貉《きつねむじな》おびただしく殺しもて来て与えぬ。団飯の恩に報いるなりけり。猟師労なくして獲物多きことを悦び、それよりは日ごとに団飯を包み行きて獣に換え還りたり。しかるに隣なる猟師これを怪しみ、ひそかに覗《うかが》いおきて深夜に彼に先だち行きて待つに、思わず例の者に行き逢いたり。鬼とや思いけん弾《たま》こめて撃ちたり。撃たれて遁《に》げければ猟師も帰りぬ。前の猟師この事を聞きて、あな不《ふ》便《びん》のことやとてなお山深く尋ね入り峰より見たるに、この者谷底に倒れ伏したるを、同じようなる者の傍に添いたるは介抱するなるべし。もし近づきなば他《ひと》に打たれし仇《あだ》を我に怨みやせんと怖しくなりてやみぬ。かくて後には死にたるなるべしと、後にこの事を人に語りしを人の伝えたりしなり。深き山にはかかる物もあ

りけるよとて細井知慎《ともちか》語れり。（視聴草第四集巻六、荻生徂徠筆記）
この話はあまり調子がよくて話のようだ。隣同士の二人の爺《おやじ》などは花咲爺《はなさかじじ》と同じ形式である。ただ話した人も聴いた人も立派な先生である上に、多くある例であれば飯と獣の交易までは信用したいと思う。

越後魚沼郡堀之内より十日町へ越ゆる山中七里の間道あり。ある年夏の初め、十日町の縮問屋《ちぢみどいや》より堀之内の問屋へ、白縮若干急ぎ送るべしと言い来たりしかば、その日の昼過ぐる頃より竹助という剛夫を選び荷物を負わせて出したり。道半ばに至る頃日ざし七つに近し。竹助は道の側の石に腰掛け焼飯を食いいたるに、谷合の根笹を押し分けて来る者あり。近づくを見れば猿に似て猿にあらず、頭の毛長く背に垂れたるが半ばは白く、長《たけ》は常並の人より高からず、顔は猿のように赤からず、眼大にして光あり。竹助心剛なる者ゆえ、用心の山刀を提《ひっさ》げて身構えしたれど、この者は害をなすべき気色もなく、石の上に置きたる焼飯を指《ゆびさ》し、くれよというさまなり。心得て投げ与えければ嬉しげに食いけり。ここに心を許しまたも与えければ近よりて食う。竹助曰く、明日は帰りにまた与うべし。急ぎの使なれば行くぞと、下ろしたる荷物を負わんとせしに、かの者これを取りて軽々と肩に掛け先に立ちて行く。さては焼飯の礼にわれを助くるならんと跡に附きて往くに、彼はほとんど肩に物なきがごとく、嶮阻の山路もこのために安く越え、およそ一里半も行き池谷村に近くなりて、荷物をば卸《おろ》し山へ駈け登る。その早きこと風のごとくなりしという。竹助この事を十日町の問屋にて詳しく語りたり。これ今より（天保中より）四五十年前の事なり。その頃は山稼ぎする者折々この異獣を見たる者ありといえり。（北越雪譜第二編巻四）

池谷村（越後南魚沼郡）の者の話に、われ十四五の時、村内の娘に機《はた》の上手あり。問屋より名をさして縮をあつらえられ、雪のまだ消え残りたる窓の下に機を織りているに、窓の外に立つ者あり。猿のようにて顔赤からず、髪の毛長く垂れて人より大なるが、内を覗きてあり。この時家内の者は皆山桛《かせ》ぎに出でて娘一人なれば、ことさら惧《おそ》れ驚き逃げんとすれど、機に掛りたれば腰に巻き着けたる物ありて心に任せず。とかくするほどにかの者そこを立ち去り、やがて竈《かまど》の下に立ち、しきりに飯櫃《めしびつ》を指してほしきさまなり。娘この異獣のことをかねて聞きたりしゆえ、飯を握りて二つ三つ与えければ嬉しげに持ち去りぬ。その後家に人なき時は折々来たりて飯を乞うゆえ、ついには馴れて恐しとも思わず食わせけり。その頃は山中にてたまさかに見たる者あり。一人にても連あるときは形を見せずとぞ。（同上）

勢州桑名に良伝《りょうでん》という遁世者、人の情《なさけ》にてわずかなる草菴《そうあん》を結び栖《す》みけるが、ある日遠方へ行きて帰りしに、戸の鑰《かぎ》は人の入りたる体はなくして、竈の中にのみ薪取りくべて火の熾《さかん》なることまったく人のなせるがごとし。釜の蓋を取りて見れば、中には炊米《かしぎよね》すでに熟して飯となれり。良伝怪しみながら定めて近辺の若者などの悪戯《いたずら》ならんとさのみ心にも留めざりしが、その後留守のたびごとに飯つぎ家具など取り散らしあり。狐狸の所業なるべしと思い、一日畳を除《の》け床板を放し見るに、方三尺深さ六七尺も窪みたる穴あり。さればこそと思い内を視《み》るに、三尺ばかりの坊主あり。曲者《くせもの》よと引き出せば、年は八十余と見えたり。人の顔を見てにこにこと笑いいたり。集り来たれる壮夫ども、これぞ狐狸の妖ならんとて、手ごとに松明《たいまつ》を持ち口鼻を薫《いぶ》せどもさして傷《いた》む気色もなく、さては人にやと詞《ことば》を掛くれども返答せず。皆々腹を立て殴《たた》き殺さんに如《し》かずとすでに撃たんとせしに、その中に老人ありていう、われ若き時に聞きしことあり、越前の家中にかようの物出でて庭に遊びしを家の侍鉄砲にて撃ち殺せり。この物人に害なし、また凶事もなし。北国《ほくこく》にては下屋《したや》入道といういえり。命を取るも詮《せん》なし。遠く追放《おいはな》すべしという。皆々同心して放ちたり。後六年を過ぎてまたある山寺の古井より出でたり。この古井もとより水なし仔細ありてこれを埋めんとし、草を払いて見たる

に、以前の法師容貌前に変らずして出でたりという。(日東本草図彙巻十二)
明治の始め頃、三州豊橋の北方、南設楽《しだら》郡海老町の東にあたる官林に小屋を掛けて木を伐りし者外《そと》の仕事より小屋に帰りて見るに、長《たけ》ことのほか高く髯《ひげ》生いたる男、小屋の内に入りしきりに自分の用意したる飯を食いいたり。つと小屋に入りたれど一語をも交さず、飯をただしたたかに食いて去る。その後も折々来て食う。物は言わず、また人に害をなさず。(土尾小介氏話)
桑名の坊主はあるいは普通の老人であったかも知れぬが、こんな平野の海近くまでも山男の出て来るということも想像し得られぬことではない。つまりは食物のためである。これは別としても白髪の翁《おきな》になるまで、ひたすらに米の飯に執着するのはまたしかるべき仔細があったのである。その仔細を語るにはまず順序として彼等の食物以外の生活上の必要について考えてみねばならぬ。

山人の国は次第に荒れかつ狭くなった。新来の日本民族の方ではこれを開発と名づけて慶賀している。谿《たに》に桟橋《かけはし》を通じ嶺に切通しを作って馬も荷車も自在に来往するようになっても、まだまだ深山は山人の領土であって、深夜雨雪の折はもとよりのこと、必要があればいつでも平地人を畏嚇《いかく》して逐《お》い退けることができたものが、舶来の大《おお》踏鞴を持ち込んで来て山の金銀を鎔す時節となっては、騒がしく眩くしてもはやその沢には住まれず、ましてやかの真っ黒な毒煙には非情の草木すら枯れる。さてはまた夜中も罵《ののし》り走る怖しい鉄車がある。とてもうかうかと峯を伝うて遠国の友を訪うことはできぬ。山人の人口は夙《はや》くより稀少であったが、それよりもなお淋しいのは右のごとき文明の遮断であろうと思う。

私は力《つと》めて外側から見た山人の生活誌を多く羅列しようとしたが、今に及んで切に感ずるのは、将来この類の話が手元に集まって来る速力よりは、かの種族の性情境遇の変遷の方がいっそう急激ではなかろうかという虞《おそれ》である。語を換えて申すならば、確実に近しと見ゆる史料のみによって、今日の歴史家が書くような山人の歴史を書き得る時代は、いつになっても到来しそうに思われぬ。すなわちこの勇壮にして昔風なる民族の生活の跡は、わずかに我々のごとき気紛れ者の夢物語によって辿《たど》るのほかはないのである。いかにも気の毒な話と言わねばならぬ。

私は今存する限りの史料により次のごとく想像している。山人とは我々の祖先に逐われて山地に入り込んだ前住民の末である。彼等の生活は平地を占拠していた時代にもいたって粗野なものであったが、多くの便宜を侵入民族に奪わるるに及んでさらに退歩した。ことに内外の圧迫が漂泊を余儀なくさせたために、彼等は邑落《ゆうらく》群居の幸福を奪われ、智力啓発のあらゆる手段を失った。しかも配偶の要求は天性であるゆえに、時には無理な方法をも用いて平地人と雑婚し、しばしば優等人種の感化を受けてひそかに敵国に帰化したものもあって、いよいよつまらぬ者ばかりが元の状態に遺《のこ》ることになった。そのために平地の人から往々野獣ないしは怪物と誤らるる場合が多かった。しかしこの群島のある部分、たとえば駿遠甲信の境山などには、やや大きなる集団があって、微弱なる社会交通も行われたらしく、そんな地方には国語も保存せられ歴史も伝承せられて、国土恢復の大業は企てぬまでも、比較的強力なる反動心敵愾心《てきがいしん》が存していたかも知れぬ云々。

そこで自分等の最も意味深しと考えるのは、各地方における遭遇記事の変化である。地方によって山人の気風ともいうべきものに相異のあることである。これはもちろん個人的受性または境遇のしからしむるものもあろう。しかし彼等とても要するに人であるならば、歴史的の怨恨が無意味な怖畏《ふい》と変じ、警戒の忍耐が饑餓《きが》または孤独の苦痛によって弛《ゆる》むたびに、体内の一部を流るる母の血に誘われて、おもむろにその故郷をなつかしむの情を催すのは自然で、撃たるるとは知らずに里に近よる例も折々あるのであろう。どうかしてこの問題を今少し討査してみたいものだと志している。

山人が物を言ったという話は多くは型に嵌《はま》った怪談に限られている。これに反して人語を聞き分けるというのみの話にはいろいろの変化があるようである。これはしかるべき理由あることで、彼等はたとい日本語を解するにしても不完全に相違ない。また久しい間口舌を働かせぬ者が、突如として横浜のガイドのごとく見知らぬ人に話し掛けられるものでもあるまい。よって物を言ったという話は虚誕《きょたん》として自分は除外するのである。

山日両人種の関係はおそらくはこれを三様に区別するがよかろう。その一は単純なる排斥である。恐しい顔をして立ち去りまたは我々を逐い退け、甚しきは害を加える。いちばんやさしいので担いで平地まで持ち出してくれる。この類の話は前に若干の例が載せてある。第二は冷淡なる応接である。握飯をくれるから働いてやるの類で、特に謝恩等の情誼《じょうぎ》のため一時限り好態度を示すなどもこの部である。第三には歓迎というか降伏というか、つまり何とかして我々と親しくなろうとする態度である。この第三の例を主として次に挙げてみようと思う。

日向国南部某村の人身上千蔵《みかみせんぞう》氏の談に、二十年ばかり以前（明治四十年頃より）、この人の祖父山に入りて異人に逢う。白髪の老人で腰から上は裸体、腰に帆布のごとき物を纏《まと》えり。にこにこと笑いながらこちらを目掛け近より来る。この辺の人は山に行くには背《せな》に小さき刀を負い、肩よりこれを抜きざまに手裏剣《しゅりけん》に打ちて獣などを仕留める風あり。身上氏もこの時この刀の柄《つか》に手を掛け、来ると打つぞと怒鳴《どな》りたれども、老人は少しも頓著せずなお笑いながら側近く来るゆえ、だんだん怖しくなり引き返して遁げ下りたり。それより一月《ひとつき》ばかりも過ぎて、同じ村の若者でよく人に附いて狩などに行く者、ただ一人でこの山に入り雉《きじ》を見つけて鉄砲の狙いを定め、まさに打ち放さんとしてありしに、不意に横手より近よりてこの若者の右の腕を柔らかに叩くものあり。振り帰りて見ればすなわちその白髪の異人なり。やはりにこにこと笑い掛け、白髪の端には木の葉など附きてあり。あまりの怖しさに気が遠くなり、鉄砲を差し上げたるまま久しくその場に立ちてありしを、後に里人に見出され喚《よ》び活《い》かされてこの話を語る云々。（水野盈太郎氏談）

自分のこの話を聞いた時の感じは、どうしても里から入った痴人変人の類とは思われなかったが、これを人に信ぜしむるためには二度までも物を言わざりし点を指示するのほかはない。次には女のにこにこした例を一つ挙げる。

猟夫金谷《かなや》（磐城相馬郡金房村大字）の深山に入り櫓《やぐら》を揚げ、暁ごとに笛を吹き鹿の来るを待つ。一夜四更に笛を吹きしに前の物蔭に大なる音あり。大鹿の来たるならんと思い鉄砲を取り上げしに、藪《やぶ》の中より女の頭出でたり。その大きさ大笊《おおざる》のごとく乱れたる髪地に曳《ひ》きたり。猟夫を見て微笑《ほほえ》みたる物凄さ譬《たと》うるに物なし。

驚き怖れてひそかに櫓を下り走りて家に帰りつきて悶絶《もんぜつ》す。数日を経てようやく本心に復しその顚末を語りたり。老人などはこの者常に殺生を嗜《たしな》むがゆえに山神これを戒めたるなりと言いしかば、ついに殺生を止めたり。この辺の風《ふう》、正月及び十月の十七日をもって山神を祭る。この日山に入れば怪異を見、または危難に遭うこと往々ありという。(奥相志二十七)

山中の怪物が鹿笛を真の鹿の声と誤って追って来る話は折々聞くが、これは微笑したというのがただではない。もしや包むに余る艶情のためなどならば、神と認められて遁げられたというのは笑止であった。しかし山中の人は怪にして害意がなければ当然これを神と考えたものである。

西村某という鷹匠《たかじょう》あり。鶬《たか》を捕らんとて知頭《ちず》郡(因幡八頭《やず》郡)蘆津《あしづ》山の奥に入り、小屋を掛けひとり住みけり。夜寒の頃なれば庭に火を焚きてあたりおりけるに、何者とも知らずその長《たけ》六尺あまりにて老いたる人のごとくなる者来たりて、ふとかの火によりて鼻をあぶりてつくばいたり。頭の髪赤くちぢみて面貌《めんぼう》人にあらず猿にもあらず。手足は人のごとくにして全身に毛を生じたり。西村は天性剛なる男なればさらに驚くことなく、汝はいずこに住む者ぞと問いけれどもあえて答えず。しばらくありて立ち返る。西村もその跡に沿いて出でけれども、夜ははなはだ暗くしてその行方を知らずなりぬ。その後また来たりて小屋の内を覗くことありしに西村、また来たか今宵《こよい》は火はなきぞといいければそのまま帰りけるとなり。里人にその事を語りければ、それは山父《やまちち》というものなり、人に害をなす者にあらず、これを犯すことあれば山荒ると言いけるとなり。（雪窓夜話上）

山父が焚火を慕うて来るという話はいくらもあるが、人を嚇《おど》さずすなおに帰るなどはことにあわれに感ぜられる。また話の種類はややちがうが、山人の沙留《さる》ともいうべき遠州の奥山にも、稀《まれ》には好感を有する個人もあったらしい一例がある。

遠州秋葉の山奥などには、山男という者ありて折節《おりふし》出づることあり。杣《そま》、山賤《やまがつ》のために重荷を負い助けて、里近くまで来たりては山中に戻る。家もなく従類眷属もなく、常に住む処さらに知る者なし。賃銭を与うれども取らず、ただ酒を好みて与うれば悦びて飲めり。物ごとさらにわからざれば唖《おし》を教うるごとくするに、そのさとり得ることといたって早し。始めも知らず終りも知らず、丈の高さ六尺より低きはなし。山気の化して人の形となりたるなりという説あり。昔同国の白倉《しろくら》村に又蔵という者あり。家に病人ありて医者を喚《よ》びに行くとて、谷に蹈《ふ》みはずして落ち入りけるが、樹の根にて足を痛め歩むことあたわず、谷の底にいたりしを、山男いずこよりともなく出で来たりて、又蔵を負い、屏風《びょうぶ》を立てたるがごとき処を安々と登りて医師の門口まで来たりてかき消すがごとくに失《う》せたり。又蔵は嬉しさのあまりにこれを謝せんとて、竹筒《ささえ》に酒を入れてかの谷に至るに、山男二人まで出でてその酒を飲み、大《おおい》に悦びて走りしとぞ。この事古老の言い伝えて今にかの地にては知る人多し。（桃山人夜話五）

山姥にもこの類の慈善心あることは古くより言う話であった。どの点までが事実かは今は明らかに定めにくい。右の山男の酒ずきに対して、次には餅の例を挙げてみよう。

五城目《ごじょうのめ》（羽後南秋田郡）辺の某村の樵夫、かねて田舎相撲《ずもう》の心得あり。ある年山に入りて木を伐《き》り立たんとせし時、不意に後より待てという者あり。振り返り見れば山男なり。相撲を取ろうという。よりて再び木を傍に卸《おろ》して取る。一番はまず彼を投げたるに、強いと褒め今一番というゆえ、二番目にはわざと負けてやりたり。その山男はこの者を待たせおいてさらに二三人の仲間を誘い来たり相撲を勧めるにより、いずれも一番は勝ち一番は負けてやる。これが縁となりて折々出会せしに、ある日その方の家に遊びに行くべし、家の者を外へやり餅を搗《つ》いておけというにより、その意に従い一斗ほどの餅を振舞いしかば、数人の山男終日遊びて帰りたり。その後もまた折々酒を飲ませよなどといいて来ることとなりしより、ついにはその煩わしさに堪えず、樵夫はこれを気に病みて久しく打ち臥《ふ》してありき。村人はこれを見て、山男などと交際《つきあい》をすればどうせ身のためによからぬ事なりと言い合えりという。（小田内通敏氏談）

この話は山男が日本語に通ずというのみならず、相撲の無理強いもどうやら川童《かっぱ》や芝天狗（郷土研究三巻三〇三頁）の評判に近いが、それにしては後段に何らの奇瑞《きずい》を伴わぬのが妙である。山人を招いて酒食を供した話はほかにもある。

陸奥と出羽との境なる吾妻《あづま》山の奥に、大人《おおひと》という物あり。けだし山気の生ずる所なり。その長《たけ》一丈五六尺、木の葉を綴りて身を蔽う。物言わず笑わず。時々村の人家に入り来る。村人これを敬すること神のごとく、そのために酒食を設く。大人はこれを食わず、ことごとく包みて持ち帰るなり。村の子供時としてこれに戯ることあれども、これを怒りて害をなせしことを聞かず。神保申作の話なり。（今斉諧《きんせいかい》四）

他の点はこちらが五城目よりずっともっともらしいが、ただ一つ一丈五六尺が始末が悪い。しかしとにかく我々との平穏なる交際も、決して近頃に始ったのでないことはまた例証がある。

陸奥三戸《さんのへ》郡留崎村荒沢の不動はすこぶる古社なり。往古山男の使用せるものなりとて木臼あり。高さ三尺廻二尺余なり。また処々虫ばみたる杵《きね》あり。これをもって木の実を搗《つ》き山男の食とせりという。（糠部《ぬかのぶ》五郡小史上）

その臼の用法を、里の人々はいかにして知りかつこれを貰い受けることになったか。自分はいまだ書伝のこれを語るものを知らぬ。

編者解説

東雅夫

「山へ登るのもごくいいことであります。深山に入り、高山、嶮山なんぞへ登るということになると、一種の神秘的な興味も多いことです。その代りまた危険も生じます訳で、怖しい話が伝えられております。海もまた同じことです。今お話し致そうというのは海の話ですが、先に山の話を一度申しておきます」

これは海の怪談の名作として知られる「幻談」（一九三八）冒頭の一節である。文豪・幸田露伴は、このように前置きして、登山家の間では夙《つと》に有名な「ブロッケンの妖怪」現象の話を、嬉々とした語り口で開陳しているのだった。

まこと山妖海異（これは佐藤春夫の短篇怪談のタイトルでもある）は、いつの世にも、われわれ日本人にとって最も身近な異界の物語であった。

とはいえ海の中――水中では、人は短時間しか生存できない。

それに較べて山の中にならば、人は思うさま分け入ることができる。それどころか幾日も幾年も、場合によっては一生を、山の中で過ごすことすらできるのだ。

修験道の祖とされる役行者《えんのぎょうじゃ》も、真言宗を開いた弘法大師・空海も、深山霊岳に籠もり、過酷な修行を経ることで異界を感得し悟りをひらいたのではなかったか。

異界との関わりを描く文学たる怪談や幻想文学が、日本において「山行《さんこう》」の物語という定型を有することは大いに注目に価しよう。

その一原点として、真っ先に挙げられるのが、上田秋成「白峯」である。

諸国遍歴の西行法師は、讃岐に流罪となり失意のうちに没した崇徳上皇の霊を弔うため、香川の白峯山中に分け入る。ようやく探しあてた墓所は、草に埋もれ荒涼とした有様であった。夜も更けた頃、深山を浸す闇の奥から「円位、円位」（円位は西行の法名）と呼びかける声がする。それは見るも恐ろしい魔王の姿と変わり果てた崇徳院の怨霊であった……。

近世怪異文学の最高峰と讃えられる短篇小説集『雨月物語』（一七六八）の劈頭《へきとう》を飾る名作は、とりもなおさず、山中に分け入り魔界の王と対峙する修行僧の物語だったのだ。

「日は全《まった》く没《い》りしほどに山深き夜のさま常ならず、天《そら》かくすまで茂れる森の間《あいだ》に微《かすか》なる風の渡ればや、樹端《こずえ》の小枝《さえだ》音もせず動きて、黒きが中に見え隠《がく》れする星の折ふしきらきらと鋭《するど》き光を落《おと》すのみにて、月はいまだ出でず。ふけ行くままに霜冴えて石床《せきしょう》いよいよ冷《ひや》やかに、万籟《ばんらい》死して落葉《おちば》さえ動かねば、自然《おのず》と神清《しんす》み魂魄《たましい》も氷《こお》るが如き心地《ここち》して何とはなしに物凄《ものすさ》まじく、尚御経《おんきょう》を細々《ほそぼそ》と誦《じゅ》しつづくるに、声はあやなき闇に迷いて消ゆるが如く在《あ》るが如く、空《そら》にかくれてまたふたたび空より幽《かすか》に出で来るごときを、吾《わ》が声とも他《ひと》の声ともおぼつかなく聴きつつ、濁劫悪世中《じょくごうあくせちゅう》、多有諸恐怖《たうしょきょうふ》、悪鬼《あくき》入其身《にゅうごしん》、罵詈毀辱我《ばりきじょくが》、と今しも勧持品《かんじぼん》の偈《げ》を称《とな》うる時、夢にもあらず我が声の響きにもあらで、正《まさ》しく円位《えんい》円位と呼ぶ声あり」

　右に引用したのは、秋成の「白峯」そのものではなく、幸田露伴「二日物語」（一八九二～一九〇二）の一節である。わずか数行に凝縮された原典を解凍したかのような鮮烈秀抜な書き替えだが、この時期（弱冠二十代後半）の露伴が「白峯」の再話を手がけているのには、然るべき伏線があった。「二日物語」の起稿に先立つ明治二十三年（一八九〇）一月から二月にかけて、雑誌「日本之文華」に露伴が発表した短篇「縁外縁」（後に「対髑髏」と改題）もまた、山中の異界へ参入する旅人の物語だったのである。

　時に明治二十二年四月、日光から金精《こんせい》峠を山越えする途中、山中の孤家《ひとつや》に一夜の宿を求めた語り手（露伴本人に擬せられる）は、独居する美女の身の上話を聞かされる。高貴な若殿の求愛を自身の忌わしい血統ゆえに拒絶した女は、焦《こが》れ死《じに》した若殿の面影を追って山中に入り、法師の導きで悟りをひらき、ここに庵を結んでいるのだという。ところが、夜明けとともに孤家も女も消えうせ、足下には白い髑髏《どくろ》が転がるばかり……茫然と下山した語り手は、宿の亭主から、山中に消えた乞食女の無残な狂態を語り聞かされるのだった。

なにより注目すべきは、この「縁外縁」こそ、近代日本における文豪怪談の実質的な第一号となったことだ。

そう、近代文学としての怪談小説は、山怪話に始まるのである。

「縁外縁」に遅れること一年余、明治二十四年（一八九二）五月に自費出版された北村透谷の長篇劇詩「蓬萊曲」もまた、山中の異界を彷徨《さまよ》う者の物語だった。

恋人である露姫《つゆひめ》と別れて、琵琶を携え諸国をさすらう修行者・柳田素雄《もとお》は、霊峰・蓬萊山麓に至り、空中から彼に呼びかける怪しの声を聞く。露姫の夢告に促されて魑魅魍魎《ちみもうりょう》が跋扈《ばっこ》する蓬萊山中に分け入った素雄は、鬼や白龍、仙姫、仙人らと邂逅《かいこう》しつつ山頂へ到達、世界を支配する大魔王と対面するが、その誘惑に背いて憤死を遂げる……。

山中で魔王と対峙する修行者の姿が、やはり「白峯」のそれを髣髴《ほうふつ》せしめることは申すまでもあるまい。

折しもちょうどこの時期、深山ならぬ魔都・東京をよるべなく彷徨していた青年がいた。

明治二十三年（一八九〇）十月、故郷金沢を発《た》って上京した十七歳目前の若者は、一年におよぶ極貧の放浪生活を経て、翌年十月十九日、敬愛する尾崎紅葉の家を訪れ、緊張の面持ちで志を述べ、ただちに入門を許された——後の**泉鏡花**である。

怪奇幻想文学方面における鏡花の出世作「高野聖」（一九〇〇）もまた、深山幽谷へと分け入った修行僧が、山中の魔界で妖しのものと遭遇する次第を活写した名作だった。

高徳の老僧・宗朝と旅の道連れになった語り手が、越前敦賀《つるが》の旅宿で寝物語に聞かされる回顧談。それは若き日の宗朝が、飛騨から信州へ向かう山越えの途中で遭遇した、世にも奇怪な体験談であった。大蛇が徘徊し、山蛭《やまひる》が雨のように降りそそぐ魔の森の迫力ある描写。一夜の宿を求めた山中の孤家に棲む、謎めいた美女が振りまく鮮烈なエロティシズム。女の正体は、言い寄る男たちを妖術で動物の姿に変えてしまう魔性のものなのか？

鏡花には他にも、本書に収録した**「薬草取」**（初出「二六新報」一九〇三年五月十六日〜三十日）をはじめ、「龍潭譚」「黒百合」「夜叉ケ池」「茸の舞姫」「由縁の女」等々、登山と妖女をモチーフとする逸品が多数《あまた》ある。

鏡花とは学生時代から親交のあった**柳田國男**もまた、天狗や山姫、神隠しといった山の怪異に深く魅せられ、その学問的探究に若き日の情熱を傾けていた人物だった。

その意味では、近代文学のみならず日本民俗学の原点も、実は山怪話にあり、なのだ。

柳田は当初、山中に隠れ棲む山人を、古代日本における先住民族の末裔《まつえい》と捉えていたが、南方熊楠との論争などを経て、後年、その所説を事実上、撤回するに至る。

本書には、山人先住民説のエッセンスにして、どこか詠嘆調の語り口が浪漫的、文学的興趣を掻きたててやまない一代の奇作**「山人外伝資料」**（初出「郷土研究」一九一三年三月、四月、八月、九月、一七年二月、久米長目名義）を収載した。本書に収めた諸作の舞台となる地名が、あちこちに見出されることに御注目いただきたいと思う。

おそらくは柳田の山人論にいち早く触発されて、伝奇と怪異の一大山岳ロマンを書きあげた同時代作家がいる。新歌舞伎の名作『修禅寺物語』や『半七捕物帳』シリーズでおなじみの**岡本綺堂**である。

大正元年（一九一二）から翌年にかけて「やまと新聞」に連載された長篇「飛驒の怪談」は、人とも獣ともつかぬ深山の怪物「山《やま》𤢖《わろ》」が出没する飛驒山中の僻村《へきそん》を舞台に繰りひろげられる、宿命の恋と奇怪な犯罪の怪奇冒険譚である。とりわけ山中の魔処「虎ヶ窟《とらがいわや》」に棲みつき、山猿を使役するお杉婆と野生児・重太郎母子のキャラクターは、一読強烈な印象を残す。日本古来の山姥《やまんば》伝説と西欧の魔女伝説・妖精伝説を巧みに綯《な》い交ぜしたかのような着想は、和漢洋の怪異譚や伝奇物語に精通した作者ならではの奇計といえよう。

本書には、「飛騨の怪談」と共通するモチーフを扱って鬼哭啾々《きこくしゅうしゅう》たる山怪話の粋**「くろん坊」**（初出「文藝俱楽部」一九二五年七月号）を収録したが、他にも綺堂怪談の代表作「木曾の旅人」や、その原型となった怪談実話「木曾の怪物《えてもの》」（本書の姉妹篇『山怪実話大全』に収録）など、綺堂には思いのほか、この種の話が多い。

創作・実話・翻訳と多方面にわたる怪談文芸のエキスパートとして、岡本綺堂と双璧を成す**田中貢太郎**にも、郷里・土佐の風土に育まれた山怪話の名作佳品が少なくない。

本書には、その名も**「山の怪」**と銘打たれたフォークロア風の小品を採録した。剛胆な猟師を惑わす怪僧の妖異には、おおどかでとぼけた味わいもあって、貢太郎の磊落《らいらく》な作風に合致しているように思う。

思えば「深山」と「僧侶」という取り合わせは、「白峯」しかり「高野聖」しかり、先の「くろん坊」しかり、山怪譚の常套というべきものだが、おそらくその根幹には、能楽におけるワキ方の僧——舞台上で現世と異界の橋渡し役となるキイパースンの面影が、はるかに揺曳《ようえい》しているのではなかろうか（「白峯」の原型となった能「松山天狗」など）。

一方で、山中の妖異に臆せず立ち向かう剛勇の士というモチーフは、説話文学や軍記物、講談などでおなじみの化物退治譚と結びつく。

本堂平四郎「秋葉長光——虚空に嘲るもの」と菊池寛「百鬼夜行」（初出「新小説」一九二四年二月号）は、その典型というべき山中武勇譚である。

明治のリアル剣豪として東北一円に勇名を馳せ、後に反骨の敏腕警視としても鳴らした本堂平四郎の『怪談と名刀』（一九三五）は、さまざまな名刀妖刀にまつわる怪談奇聞を綴った、他に類をみない奇書。各篇の末尾には、刀剣研究家としての蘊蓄《うんちく》が傾けられている。

編者は先に、同書から怪奇幻想色の濃厚な作品をセレクトした双葉文庫版『怪談と名刀』を編纂したが、その際、原著では刀剣の名称がそのまま各篇のタイトルとされていたため、一般読者の便を考えて独自のタイトルを考案した。本篇の場合、原題は「秋葉長光」のみであることを付言しておく。

なお、同じく『怪談と名刀』所収の「各務綱広——藤馬物語」では、物語の終盤、主人公の剣豪が東北奥地に隠棲して猟師となり、北上山地を跋渉《ばっしょう》中に山女と遭遇、格闘の末、取り逃す迫真のくだりが描かれている。長さの関係もあり、本書には収録を見合わせたが、関心のある向きは御高覧いただけたら幸いである。

菊池寛の「百鬼夜行」は、関東大震災直後の一時期、怪談奇聞に意欲的に誌面を割いた「新小説」誌上に〈本朝綺談選〉のタイトルで連載された中の一篇。末尾に付言されているとおり、白梅園鷺水『御伽百物語』巻之五の「百鬼夜行ならびに静原山にて剣術を得たる人の慢心をいましむる事」の全文をみずから翻刻し、評言を付したものである。

一見、怪談方面とはあまり縁のなさそうな作者だが、小林秀雄も証言しているとおり（ちくま文庫版『文藝怪談実話』所収「菊池寛」参照）、旅先の宿で幽霊に襲われる体験をしたり、英国怪談小説の白眉たるW・W・ジェイコブズの「猿の手」をいち早く翻訳するなど、意外におばけ好きな一面もある。その啓蒙活動の対象が、本篇のような近世怪異譚にまで及んでいたことは記憶されてよかろう。

名著『蘆江怪談集』（一九三四）から抜いた**「鈴鹿峠の雨」**の**平山蘆江**もまた、おばけ好きにかけては鏡花や綺堂と肩を並べる作家・ジャーナリストであり、鏡花や新派俳優の喜多村緑郎《ろくろう》と相図って、しばしば百物語怪談会を開催したりもしている。そしてこれまた震災後の「新小説」に、記者時代の僚友・長谷川伸らと共に怪談小説を寄稿しているのであった。

山行の際、妖しい道連れにつきまとわれるというモチーフは、たとえば同時代では内田百閒の『冥途』（一九二二）などにも再々、認められるものだが、蘆江の「鈴鹿峠の雨」と、続く鏡花の「薬草取」は、このモチーフを描いてまことに明暗好対照な作例となっている。鏡花流に申せば、鈴鹿山（三重と滋賀の境）は鬼神力の山、医王山（石川と富山の境）は観音力の山であることが、そこになにがしかの翳《かげ》を落としているのかも知れない。

ところで、霊山というトポスに欠かせないのが、山腹を玲瓏と流れ落ちる瀑布の存在だ。

修験者たちは滝に打たれることで神霊や山霊と交感し啓示を得たが、**太宰治「魚服記」**（初出「海豹」創刊号・一九三三年三月）のヒロインは、滝壺に身を投ずることで、愛《かな》しきメタモルフォーズを遂げる。愛読していたという蒲松齢の『聊斎志異』、さらには高校時代に傾倒したという鏡花の「高野聖」などからの影響を窺わせる趣向である。

「おばけは、日本の古典文学の粋である。狐の嫁入り。狸の腹鼓。この種の伝統だけ

は、いまもなお、生彩を放って居る。ちっとも古くない」（太宰治「古典竜頭蛇尾」より）

宮沢賢治もまた、大の山好き、おばけ好きにして、実際におばけを視る人でもあった。

「僕はもう何べんか早池峯《はやちね》山に登りました。あの山には、御承知かも知れませんが早池峯の七不思議というのがありまして、その一つの河原《かわら》の坊という処があります。早池峯の登山口で裾野をのぼりつめた処の岳川《たけがわ》という岩をかむ清流の岸辺にありまして、いい伝えでは何でも何百年か以前に天台宗の大きな寺のあった跡で、修業僧も大勢集っていて、随分盛んなものだったということです。そこでは今も朝の小暗い黎明時にひょっとするとしんしんと読経の声が聞えて来ると噂されております。先年登山の折でした。僕はそこの大きな石に腰を掛けて休んでいたのですが、ふと山の方から手に錫杖《しゃくじょう》を突き鳴らし、眉毛の長く白い見るからに清々した高僧が下りて来ました。その早池峯に登ったのは確か三年ばかり前なのですが、その御坊さんに逢ったのは何でも七百年ばかり前のようでしたよ」（佐藤隆房『宮沢賢治』所収「正覚と幻覚」より）

「河原坊」（一九二五年八月十一日執筆）は、このときの山中幻視体験にもとづく作品である。

ちなみに本書には「河原坊」のほか、活火山と河童たちの壮烈な鬩《せめ》ぎ合いを描いて異形美燦爛《さんらん》たる**火野葦平「千軒岳にて」**（初出「新風土」一九四〇年十二月号）、神話中の生物さながら荒ぶる山々の描写が畏怖の念を掻きたててやまない**村山槐多「鉄の童子」**（生前未発表）、幽暗な夢日記の端々に山中彷徨の不穏な光景が点描される**中勘助「夢の日記から」**（初出「三田文学」一九一六年九月号）という散文詩風の傑作群を要所に配してみた。

人は誰も、山では詩人となる……などと云われるが、深山幽谷の霊気と抒情に満ちたこれらの作品は、山を愛する読者諸賢に、なにより賞翫いただけるものと信ずる。

願わくは、山行に際して本書を携え、山巓《さんてん》や水辺で気に入りの作品を味読朗読されんことを！

文庫版のためのあとがき

この『文豪山怪奇譚　山の怪談名作選』（二〇一六年二月二日）は、姉妹篇『山怪実話大全』（二〇一七年一一月二五日）とワンセットで、二〇一六年はじめに単行本として編纂刊行された。当時、山と溪谷社に在籍された勝峰富雄さんの企画である。勝峰さん企画の〈山怪〉シリーズ（田中康弘著）が大好評ということで、怪談専門誌編集長であり、怪奇アンソロジストである小生のもとにも、連携企画が廻ってきたものらしい。

かねて、山岳こそは、日本幻想文学の一大拠点に外《ほか》ならないというポリシーを有する小生としても、願ったり叶ったりのお話で、ずいぶんと気合いを入れて編纂刊行に至った記憶がある。

このほど、文庫として再刊するとのありがたいお話を頂戴して、新たな装いのもと、新版を上梓できることになったのは歓びに堪えない。

河童たちの健やかな昼寝のひとときを奪う巨大噴火の猛威（火野葦平）に始まり、

岡本綺堂「くろん坊」、宮沢賢治「河原坊」など、虚実のあわいに妖しく揺曳《ようえい》する怪異変容譚を経て、泉鏡花「薬草取」、太宰治「魚服記」といった神韻縹渺《しんいんひょうびょう》たる日本文学の名品群にいたるラインナップは、読書好きな山男たちの琴線をも、必ずや揺るがすに違いない。

このほど、よりハンディな携行サイズとなることで、さらに多くの山行愛読者を得られるならば、編者として、これに優る仕合せはない。

なお巻末には、柳田翁の著作から、珍しい「山人外伝資料」を再録しておいた。再読三読に堪える一冊と信ずる。何卒よろしく、御愛読を賜わりたく。

二〇二一年四月

東雅夫

著者プロフィール（収録順）

火野葦平（ひの・あしへい）
一九〇七年、福岡県生まれ。日中戦争従軍中に『糞尿譚』で芥川賞。戦地で書いた『麦と兵隊』が評判となり、流行作家の道を歩む。太平洋戦争中は従軍作家として活躍。戦後は『花と龍』などで力量を発揮し、絶筆の『革命前後』で芸術院賞を受けた。一九六〇年没。

田中貢太郎（たなか・こうたろう）
一八八〇年、高知県生まれ。小学校教員、新聞記者を経て、大正初期に実録もので脚光を浴びる。その作品は、『旋風時代』などの小説、『志士伝奇』といった史伝から、『怪談全集』をはじめとする怪談まで多岐に及び、大衆文壇に独自の境地を築いた。一九四一年没。

岡本綺堂（おかもと・きどう）
一八七二年、東京生まれ。劇評家として名を成したのち、新歌舞伎『修善寺物語』『鳥辺山心中』など多数の戯曲を執筆。小説も手がけ、深い学識と海外の探偵小説の手法を融合させた『半七捕物帳』は、いまも読み継がれている。劇界初の芸術院会員。一九三九年没。

宮沢賢治（みやざわ・けんじ）
一八九六年、岩手県生まれ。農業技師を務めるかたわら、詩や童話を執筆する。自費で『春と修羅』と『注文の多い料理店』を刊行するものの、広く知られぬまま一九三三年に夭逝。没後『銀河鉄道の夜』『風の又三郎』など多数の作品が発表され、不動の評価を得た。

本堂平四郎（ほんどう・へいしろう）
一八七〇年、岩手県生まれ。地元警察署の巡査を皮切りに出世を重ね、警視庁に移って都内の警察署長を歴任。乃木大将自決の折は検視の陣頭指揮を執る。退官後は実業界に転進。文筆家としても活動し、俳句や刀剣研究、犯罪実話などの著作を残した。一九五四年没。

菊池寛（きくち・かん）
一八八八年、香川県生まれ。学生時代より同人誌に参加して、『父帰る』などを発表。『忠直卿行状記』『恩讐の彼方に』で作家の地位を確立する。通俗小説も数多く手がけて〝文壇の大御所〟と呼ばれた。雑誌「文藝春秋」を創刊したことでも知られる。一九四八年没。

村山槐多（むらやま・かいた）
一八九六年、横浜に生まれ、京都で青春期を送る。画家を志して上京し、フォービズム風の油絵が院展に連続入選して注目を集める。文学にも非凡な才能を発揮し、詩歌や『悪魔の舌』などの怪奇小説を精力的に執筆するが、一九一九年に結核のため短い生涯を終えた。

平山蘆江（ひらやま・ろこう）
一八八二年、神戸に生まれる。日露戦争中に満洲で放浪したのち「都新聞」の記者になって、演芸欄や花柳欄で健筆をふるう。大衆文芸の振興にも寄与し、都々逸や小唄の作詞も数多く手がけた。小説『唐人船』や随筆集『東京おぼえ帳』など著書多数。一九五三年没。

泉鏡花（いずみ・きょうか）
一八七三年、金沢生まれ。小説家を志して上京、尾崎紅葉の門下になって、『夜行巡査』『外科室』で世に認められる。『高野聖』『草迷宮』といった作品で幻想美に満ちた独自の世界を築き、『婦系図』『歌行燈』などでは花柳界を詩的な文体で描き出した。一九三九年没。

太宰治（だざい・おさむ）
一九〇九年、青森県生まれ。井伏鱒二に師事。左翼運動に挫折したのち、『晩年』をはじめ内省的な小説を次々と発表。『お伽草紙』など古典に材を得た作品も多い。戦後は『斜陽』『人間失格』など、無頼派の旗手として活躍するが、一九四八年に入水自殺を遂げた。

中勘助（なか・かんすけ）
一八八五年、東京に生まれる。夏目漱石の推輓で自伝的小説『銀の匙』を新聞連載し、創作活動に入る。生涯を通じて文壇と距離を置き、自己の内面性を追求し続けた。代表作に小説『犬』『菩提樹の蔭』、随筆『沼のほとり』『しづかな流』などがある。一九六五年没。

柳田國男（やなぎた・くにお）
一八七五年、兵庫県生まれ。農商務省などの官界に身を置いたのち、日本各地に足を運んで習俗や伝承を調査、日本民俗学の確立に大きな功績を残した。その成果は『遠野物語』『蝸牛考』『木綿以前のこと』『海上の道』ほか多数の著書に結実している。一九六二年没。

底本一覧

火野葦平「千軒岳にて」『火野葦平選集3』東京創元社
田中貢太郎「山の怪」『日本怪談大全2　幽霊の館』国書刊行会
岡本綺堂「くろん坊」『岡本綺堂読物選集5』青蛙房
宮沢賢治「河原坊」『校本宮沢賢治全集3』筑摩書房
本堂平四郎「秋葉長光」『怪談と名刀』双葉文庫
菊池寛「百鬼夜行」『菊池寛全集21』高松市
村山槐多「鉄の童子」『村山槐多全集（増補版）』彌生書房
平山蘆江「鈴鹿峠の雨」『蘆江怪談集』ウェッジ文庫
泉鏡花「薬草取」『泉鏡花集成4』ちくま文庫
太宰治「魚服記」『太宰治全集2』筑摩書房
中勘助「夢の日記から」『文豪怪談傑作選・大正篇　妖魅は戯る』ちくま文庫
柳田國男「山人外伝資料」『柳田國男全集4』ちくま文庫

＊本書は、右記の各書を底本とし、新漢字、現代仮名づかいに揃えました。ただし、詩歌作品の「河原坊」と、文語体で執筆された「百鬼夜行」の二篇は、例外として歴史的仮名づかいのままにしました。
＊底本のなかに、接続詞や副詞などの一部の漢字を平仮名に改めてあるものが混在していますが、すべてそのままとしました。振り仮名は、現代の読者にも読みやすいように考慮して、適宜加減してあります。
＊本文中に、今日の人権意識では不当・不適切とされる語句や表現が見受けられますが、発表当時の社会背景と作品の文学的価値を尊重して、原文のまま掲載しました。よろしくご理解のほど、お願い申し上げます。

編者

東雅夫（ひがし・まさお）

一九五八年、神奈川県生まれ。雑誌「幻想文学」（幻想文学会出版局／幻想文学出版局／アトリエOCTA）の編集長を創刊から終刊まで務める。その後、文藝雑誌「幽」（メディアファクトリー／KADOKAWA）の編集長と編集顧問も、創刊から終刊まで務めた。そのかたわら怪奇幻想文学専門の研究者・評論家としても多方面で活躍。アンソロジストとして、埋もれた作品の紹介も数多く手がけている。

代表作に日本推理作家協会賞を受賞した『遠野物語と怪談の時代』（角川選書）のほか、『百物語の怪談史』（角川ソフィア文庫）『文豪たちの怪談ライブ』（ちくま文庫）など。編纂書に〈文豪怪談傑作選〉（ちくま文庫）〈文豪ノ怪談ジュニア・セレクション〉（汐文社）〈文豪怪奇コレクション〉（双葉文庫）の各シリーズなど。山岳奇談関連のアンソロジーには、『山怪実話大全　岳人奇談傑作選』（山と溪谷社）がある。

装丁＝高橋潤
編集＝単行本　藤田晋也、勝峰富雄（山と溪谷社）
文庫　勝峰富雄、宇川静（山と溪谷社）
編集協力＝藤田晋也

＊本書は『文豪山怪奇譚　山の怪談名作選』（二〇一六年二月、山と溪谷社刊）を文庫版に改めたものです。

文豪山怪奇譚　山の怪談名作選

二〇二一年七月五日　初版第一刷発行

編　者　東雅夫
発行人　川崎深雪
発行所　株式会社　山と溪谷社
郵便番号　一〇一－〇〇五一
東京都千代田区神田神保町一丁目一〇五番地
https://www.yamakei.co.jp/

■乱丁・落丁のお問合せ先
山と溪谷社自動応答サービス　電話〇三－六八三七－五〇一八
受付時間／十時～十二時、十三時～十七時三十分（土日、祝日を除く）
■内容に関するお問合せ先
山と溪谷社　電話〇三－六七四四－一九〇〇（代表）
■書店・取次様からのお問合せ先
山と溪谷社受注センター　電話〇三－六七四四－一九一九
ファックス〇三－六七四四－一九二七

本文フォーマットデザイン　岡本一宣デザイン事務所
印刷・製本　株式会社暁印刷
定価はカバーに表示してあります
©2016 Yama-Kei Publishers Co. Ltd. All rights reserved.
Printed in Japan ISBN978-4-635-04925-2

山と自然を味わうヤマケイ文庫

新編 単独行
新編 風雪のビヴァーク
垂直の記憶
わが愛する山々
日本の分水嶺
【覆刻】山と溪谷
山と溪谷 田部重治選集
遊歩大全
山の仕事、山の暮らし
大人の男のこだわり野遊び術
ドキュメント 気象遭難
ドキュメント 滑落遭難
山からの絵本
山の眼玉
大イワナの滝壺
古道巡礼 山人が越えた径
山人たちの賦

新編 越後三面山人記
定本 山村を歩く
山釣り
ドキュメント 雪崩遭難
ドキュメント 単独行遭難
怪魚ハンター
溪語り・山語り 山人たちの生活誌
新編 溪流物語
マタギ
山女魚里の釣り
アウトドア・ものローグ
白神山地マタギ伝
野性伝説 爪王／北へ帰る
野性伝説 羆風・飴色角と三本指
タープの張り方 火の熾し方
バックパッキング入門
山棲みの記憶

おらが村
山怪 山人が語る不思議な話
イーハトーブ釣り倶楽部
約束の川
アイヌと神々の物語
仁淀川漁師秘伝
幻の怪蛇 バチへビ・シロベ
ニッポン博物誌
手塚治虫の山
山怪 弐 山人が語る不思議な話
アイヌと神々の謡
山の不可思議事件簿
定本 山小屋主人の炉端話
夢の山岳鉄道
シートン動物記
小屋番三六五日
人を襲うクマ